빨주노초파람보

빨주노초파람보

노엘라 소설

시우

창밖으로 세상을 들여다보았다.

문득, 내가 서 있는 이곳이 '밖'이고, 창밖이 '안'이 아닐까 하는 생각을 했다.

세상이 만들어진 이후, 인간은 벽을 세우고 천장을 만들고 '안'이라 이름 지었다.

그리고 스스로 '안'에 가두고 '밖'이라는 개념을 만들어냈다.

꿈과 현실, 태어남과 죽음.

희망과 절망, 기쁨과 슬픔.

춤을 춘다.

나의 몸짓에, 바람에 모든 것을 비운다.

나의 안에서 나를 본다.

그리고, 나는 없다.

차례

"현실과 꿈은
같은 책의 페이지들과도 같은 것이다.
순차적으로 읽는 것은 현실이고,
여기저기 펼쳐 보는 일은 꿈과 같다."

- 쇼펜하우어 -

야간비행

"사랑은 나의 안내로 그대가 그대에게로 돌아가는
것이다."

- 생텍쥐페리

이현재

　　하얀 커튼 사이를 비집고 들어온 햇살이 그녀의 몸 위로 떨어진다. 그녀는 마치 그 빛을 자신이 발산하고 있는 것처럼 태연하리만큼 자연스럽게 누워 있다. 입술을 살짝 벌린 채 새근새근 얕은 숨을 쉬며 잠들어 있는 그녀를 현재는 바라보고 있다. 그는 생각한다. 그녀한테 나오는 광채는 이렇게 아침마다 그녀를 충전시키는 햇살 때문일지도 모른다고. 처음 그녀를 만났을 때 보았던 그 밝은 빛의 근원일 거라고.

　　태어나서 이토록 아름답게 빛나는 존재를 본 적이 없다. 그에게 그녀는 어떤 모습으로도, 어떤 말로도 설명할 수 없는 '그 무엇'이다. 그가 지금껏 찾은 단어 중 가장 근접한 단어는 '구원'이다. 하지만 그녀에겐 설명이 불가능한 그 이상의 느낌이 존재한다.

지금, 그녀와 함께 같은 지붕 아래, 같은 침대에 누워 몇 번째인지 셀 수도 없을 만큼 많은 일요일을 보냈음에도, 또 한 번의 일요일을 이렇게 맞이하고 있다는 사실에 현재는 새삼 가슴이 벅차올랐다.

아내가 깨지 않도록 미끄러지듯 침대를 내려와 까치발을 한 채 주방으로 향한다. 냉장고를 열어 우유와 계란을 꺼낸다. 우유의 유통기한을 확인한다. 9월 21일. 오늘까지다.

팬케이크 가루 위에 우유 한 컵을 붓고 달걀 한 개를 넣는다. 금속 날 여러 개가 둥글게 교차된 거품기를 꺼낸다. 전동 거품기도 많지만 현재는 수동 거품기가 더 좋다. 처음부터 끝까지 같은 속도로 섞이는 전동 거품기보다 자신의 속성을 파괴당하지 않으려는 듯 버티는 재료들을 달래며 힘을 조절할 수 있는 수동 거품기가 더 인간적으로 느껴지기 때문이다.

그렇게 섞인 재료들은 마치 서로 다른 두 사람이 만나 부부가 되는 것처럼 자연스럽고 조화로운 혼합이라는 생각이 든다. 각자의 모습으로 저항하던 재료들은 너무 강하지도, 너무

약하지도 않은 현재의 능숙한 손놀림에 의해 점점 그 고유의 속성에서 벗어나 서로에게 서로를 허락하며 하나의 새로운 형태로 변해간다.

이제 밀가루와 우유, 계란은 더 이상 밀가루도, 우유도, 계란도 아니다. 아니, 그 전부이다.

현재는 걸쭉한 반죽을 한 스쿱 떠 올려 기름을 두른 팬에 올린다. 반죽이 노릇노릇 익어간다. 팬케이크가 구워지는 그 짧은 시간 동안 현재는 끊임없이 변화되는 반죽의 형태를 관찰한다. 반죽이 구워지는 동안 단 한순간도 같은 모습이 아니라는 사실이 흥미로웠다.

조금 전까지 존재하던 반죽은 더 이상 반죽이 아니다. 프라이팬 위에서 구워지고 있는 반죽은 더 이상 반죽이라 부를 수 없기 때문이다. 과거의 반죽은 이제 존재하지 않는다. 말하자면 죽은 셈이다. 하지만 이름과 형태만 바뀌었을 뿐, 성분은 그대로 있기 때문에 죽었다고 말할 수는 없다. 현재는 프라이팬 위에서 구워지고 있는, 반죽과 팬케이크 중간 그 어디쯤에 있는, 딱히 뭐라 부를 마땅한 이름이 없는, 그 동그란 물체를 한동안 바라보았다. 얼마나 시간이 지났을까? 반죽이 사라지고 팬케이크가 만들어졌다.

현재는 노릇노릇 잘 구워진 팬케이크 위에 얹을 시럽과 휘

핑크림, 딸기를 준비해서 딸기의 초록색 꼭지를 입에 문 채 침대로 향한다. 자고 있는 그녀의 입술이 무방비 상태로 열려 있다. 공기가 그녀의 숨을 따라 그녀 깊숙이 들어갔다 나온다. 그 속도는 아주 일정하다. 그녀의 입술 사이를 넘나드는 공기는, 아니 그것을 가능하게 하는 그녀의 입술은, 마치 블랙홀처럼 방 안의 공기를 빨아들이고, 웜홀처럼 다른 세상의 공기를 이곳으로 이동시켜 오는 듯하다. 현재는 입에 물고 있던 딸기를 이끌리듯 그녀의 입안으로 밀어 넣는다.

기다리고 있었다는 듯, 아니 이제는 익숙해진 것처럼 놀란 기색도 없이 잠결에 딸기를 받아 무는 그녀. 딸기의 빨간 과즙이 그녀의 입술을 더욱 붉고 탐스럽게 만든다. 그 입술을 한입 가득 담은 그의 입안에도 딸기 향이 번진다.

양손으로 슬립의 어깨끈을 내린다. 그녀의 뽀얗고 봉긋한 가슴이 드러난다. 허리를 지나 골반, 허벅지를 스쳐 다리 밑으로 내려간다. 아까보다 한층 더 넓게 퍼진 햇살 한 줄기가 현재보다 앞서 그녀의 벗은 몸 위에 얹혀 있다. 그는 무릎이 살짝 벌어진 그녀의 다리를 타고 그녀의 몸을 거슬러 올라간다. 발등에서부터 시작된 키스는 무릎을 지나 허벅지, 골반, 태초의 흔적을 담은 배꼽을 지나 탐스러운 가슴, 그리고 목을 타고 오른다. 그의 시선이 그녀의 얼굴로 향하고 그의 몸이 드디어 그녀의 안으로 들어가려는 순간.

귀가 찢어질 듯 굉음이 들려온다. 몸을 찢을 듯 거센 바람이 분다. 그녀의 눈동자가 그를 넘어 저 멀리에 시선을 두고 있다. 그녀는 지금 무엇을 보고 있는 것일까? 그녀의 동공이 점점 커지더니 그의 눈에서 그녀가 멀어져간다. 그를 향해 구해달라는 듯, 그녀가 손을 뻗고 있다. 하지만 그는 꼼짝도 할 수 없다. 그녀를 잡아야 하는데, 그녀를 붙잡아야 하는데.

사지는 그의 의지를 철저히 무시한 채 잔인하리만큼 그를 묶어두고 있다. 온몸이 마비된 채 그녀가 멀어지는 것을 바라만 보고 있다. 그의 안에서 분노가 끓어오른다. 하지만 꼼짝도 하지 않는 몸뚱어리. 저주받은 의지. 그럴수록 멀어지는 공포에 젖은 눈동자. 빌어먹을.

"또 꿈꿨어?"

가쁜 숨을 내쉬며 눈을 번쩍 뜬 현재를 은하가 바라보고 있다. 그녀의 부드러운 손길이 현재의 머리를 쓸어내린다.

"이제 괜찮아."

평온한 표정의 그녀를 보자 겨우 마음이 놓인다. 다행이다. 꿈이었구나.

언제부턴가 습관처럼 일요일 오전이 되면 섹스 후 잠이 든다. 그리고 찾아오는 똑같은 악몽. 거친 바람, 숨이 막힐 듯 뜨거운 열기, 집어삼킬 듯한 두려움.

왜 계속해서 같은 꿈을 꾸는 걸까? 하지만 기분 나쁜 악몽은 그녀와 마주하는 순간 사라져버린다. 마치 한순간도 평온하지 않은 적이 없었던 것처럼.

지금은 일요일 오후. 아침식사로 준비했던 팬케이크는 오늘도 섹스 후 잠든 덕에 브런치로 바뀌어 은하의 손길을 거쳐 다시 식탁 위에 예쁘게 차려져 있다.

"일어났어?"

은하의 목소리가 들린다. 그 소리가 마치 예쁜 새 소리 같다.

현재는 이끌리듯 침대에서 나와 문을 열고 나간다. 팬케이크 냄새가 18평 남짓의 작은 이 아파트를 가득 채우고 있다. 포크와 나이프를 가지런히 놓고, 팬케이크를 다시 데우고, 그와 함께 먹을 샐러드를 볼에 담고, 오렌지 주스를 유리잔에 따르고, 커피 머신에서 아메리카노를 내리며, 그곳에 은하가 있다.

이 좁은 공간이 현재에게는 마치 작은 천국처럼 느껴졌다.

강승환

무더운 여름이 지나고 찾아온 계절의 비행장은 그 어느 때보다 드넓고 평화로워 보인다. 숨 막히는 열기에 방해받지 않아도 되는 계절. 바다를 향해 길게 뻗은 활주로는 하늘로 길을 내어주는 그 기능만으로도 어느 길보다 경이롭다.

오늘도 승환은 그 길을 마주 보고 서 있다. 앞을 바라보며 한동안 서 있던 승환은 두 눈을 감았다. 그러더니 머릿속으로 쭉 뻗은 활주로를 변형시키는 상상을 시작했다.

노면을 울퉁불퉁하게 만들어보기도 하고, 곧은 길이 아닌 구불구불한 형태로 휘어보기도 하고, 한 길이 아닌 두 갈래로 살라보기도 한다. 아무런 질서 없이 제멋대로 길을 만든다. 이내 승환의 입가에 미소가 번진다. 원하는 대로 휘어진 길을 상상했을 때 나오는 미소다. 승환에겐 이렇게 굽은 길이 현실의 곧은 길보다 훨씬 더 자연스러워 보인다.

상상은 계속됐다. 승환은 이제 이렇게 휘어진 활주로에 비행기를 올려놓았다. 그러고는 하늘로 날려 보내기 위해 엔진에 시동을 걸어 출발시킨다. 구불구불하게 휜 길을 따라 기체가 이동한다. 속도를 점점 올려본다. 하지만 휘어진 길에서 속도를 내는 건 만만치가 않다. 아니, 거의 불가능에 가깝다. 하늘로 오르는 유일한 방법은 현실의 활주로처럼 똑바로 뻗은 길을 따라 최대한으로 속도를 올릴 때만 가능한 법이다. 모든 비행의 시작은 그렇게 정해져 있다. 곧게 뻗은 길 외에 다른 선택은 없다.

여기까지 생각하자 승환의 입에서 한숨이 흘러나왔다.

'어차피 답이 정해진 것이라면, 길을 바꾸는 게 소용없는 짓이라면……'

승환은 이번에는 상상 속의 활주로를 다시 빳빳하게 펴 제자리로 돌려놓는다. 뜨겁게 달궈진 다리미로 구겨진 군복을

꾹꾹 눌러 주름 하나 없이 다려내듯 구겼던 활주로를 다시 편다. 그러자 구부러진 길이 저항을 한다. 승환은 더 강력하게 대항한다. 펴려는 힘과 휘려는 힘이 동시에 작용한다. 둘은 한 치의 양보도 없이 버티고 있다. 안간힘을 써 구겨진 길을 펴려고 하지만 아무리 애를 써도 되지 않는다. 상상 속의 길은 그의 의지만큼이나, 아니 그 이상으로 힘이 세다.

머리가 지끈지끈 아파온다.
이럴 때 방법은 단 하나뿐.
현실로 돌아가는 것.

그는 감았던 눈을 떴다. 곧게 뻗은 활주로가 눈에 들어왔다. 그렇게 눈 깜박할 사이, 그는 현실로 돌아와 있었다.

오늘처럼 제어할 수 없는 충동이 승환의 안에서 꿈틀거릴 때마다, 그는 이곳에 서서 이렇게 활주로를 바라보았다. 곧게 뻗은 길, 그것이 그가 살아가야 할 방향이라 스스로 최면을 걸면서.

승환이 은하를 알게 된 건 현재를 통해서였다.

처음 봤을 때 그녀는 무릎까지 내려오는 올리브색 꽃무늬 반팔 원피스에 하얀 운동화를 신고 노트북이 든 가방을 든 채 카페 앞에 서 있었다. 나중에 들었지만 그녀의 직업은 기자였고, 그래서 자신은 늘 노트북을 지니고 다닌다고 했다. 하지만 자신은 디지털보다 아날로그를 좋아해서 가끔 손 글씨로 일기나 편지 등을 쓴다는 말도 했다.

그날, 그러니까 승환이 은하를 처음 만난 날, 아니 그녀를 처음 본 순간, 그래, 그 순간을 승환은 잊지 못한다. 화창했던 그날 오후, 현재를 만나기로 한 카페 앞에서 온몸으로 햇살을 받아내며 서 있던 그녀. 아직 도착하지 않은 현재를 카페 밖에 서서 기다리던 그 여자.

승환은 카페로 향하다 순간 걸음을 멈추어 섰다. 가슴이 '쿵' 하고 내려앉았기 때문이다. 대충 쓸어 올려 하나로 묶은 그녀의 머리카락이 햇살을 받아 빛나고 있었다.

승환은 순간 카페로 향하던 발걸음을 돌려, 오던 길로 되돌아갔다. 반사적으로 나온 행동이었다. 한동안 카페 주변 골목 길을 서성였다. 다른 급한 일정이 생겼다고 둘러댈까도 생각했다. 하지만 이내 마음을 바꿨다. 지금 가버리면 더 이상해 보일지도 모른다. 언젠가는 마주해야 하는 일이기도 하다.

무엇보다, 골목을 서성이는 동안 그녀의 모습이 머릿속에서 떠나지 않았다. 그녀가 너무도 궁금해졌다. 현재가 그녀를 좋아하게, 아니 어쩌면 사랑하게 된 모든 이유가 알고 싶어졌다. 그녀가 사랑하는 사람을 바라볼 때 어떤 표정을 짓는지, 어떤 몸짓을 하는지, 또 어떤 눈빛을 보내는지. 그런 생각이 늘자 승환의 마음이 급해지기 시작했다.

골목을 서성이느라 이미 약속시간에 늦어버렸기에 그는 왔던 길을 황급히 뛰어 되돌아갔다.

카페에 들어선 승환을 보자 현재는 은하와 마주 보고 앉아 있던 자리에서 일어나 그녀의 옆으로 자리를 옮겼다. 승환은 현재가 앉아 있던 그녀의 앞자리를 넘겨받았다. 그 자리에 앉아, 현재가 자신의 새로운 여자친구라며 소개시켜준 한 시간 남짓의 시간 동안, 승환은 그녀의 일거수일투족을 놓치지 않고 관찰했다. 손잡이를 사용하지 않고 잔을 통째로 들어 올리는 것도, 조각 케이크를 먹을 때 뾰족한 부분이 아닌 넓은 면부터 포크를 댄다는 것도, 또 웃을 때 왼쪽 보조개가 들어가고, 한쪽 손으로 턱을 받치는 습관이 있다는 것도, 그리고 가끔 자신을 향한 웃음 끝에 두 눈을 살짝 찡그리는 것까지도.

그래, 그녀는 자주 웃는 편이었다. 크게 웃지는 않더라도 대체로 입에 미소를 머금고 있었다. 하지만 시간이 지날수록 승환은 그녀의 미소가 처음 보았을 때와 다르다는 것을 알게 되었다. 기뻐서 짓는 미소라고만 볼 수 없는 특이한 종류의 미소였다. 어느 순간에 그 미소는 눈물처럼 보이기도 했다. 그것은 정말로 묘한 감정을 그에게 안겨주었다. 그녀를 대할수록 그 미소에는 어떤 이면이 존재하는 것처럼 느껴졌다. 이를테면 하나의 사실을 감추기 위해 또 다른 사실을 내세우는 듯한. 그리고 그 알 수 없는 모호함 때문에 승환은 그녀가 더욱 궁금해졌다.

이후로도 세 사람은 자주 만났다. 그럴 때마다 승환은 그녀의 모든 움직임을 관찰했다. 어쩌면 현재보다도 더 깊이 그녀를 들여다보았을지도 모른다. 그녀에게선 오묘한 기운이 느껴졌다. 때때로 허공을 응시하는 눈동자에서, 따뜻한 커피잔을 만지작거리는 손끝에서, 그리고 가끔 새어 나오는 한숨에서.

그래, 한숨. 그녀의 한숨은 시공간을 초월한 듯한 마력이 있었다. 숨을 쉴 때마다 마치 다른 세상의 공기를 이 세상으로 흘려보내는 것 같은. 그 한숨 뒤에 어떤 세상이 존재하는지 승환은 늘 궁금했다. 그곳에는 아무도 근접할 수 없는 그녀만의 세상이 있을 것만 같았다. 승환은 언젠가 그녀가 현재를 그 세상 속으로 끌고 가버릴지도 모른다는 생각이 들었다. 그 세상으로 둘이 들어가 영영 나오지 않을지도 모른다는. 그리고 그것은 승환을 극도로 불안하게 만들었다.

밤

　　　불 꺼진 격납고. 어둠 속을 뚜벅뚜벅 승환이 걸어가고 있다. 둔탁한 발소리와 한 줄기 손전등 불빛만이 그의 존재를 말해주고 있다. 발소리와 한 줄기 빛은 가끔씩 멈추어 선다. 자신과 다른 존재의 여부를 확인하고는 주변에 아무 소리도, 아무 빛도 없는 것까지 확인한 후 다시 가던 길을 간다.

　이 세상으로 나오는 경로가 이런 어둠과 같을까? 아니면 생의 끝에 다른 세계로 가는 길이 이럴까? 한 줄기 빛을 따라 홀로 어둠 속을 걸어, 그 누구도 동행하지 않고 그 누구도 뒤따라오지 않는, 그러나 결국 그곳에 도착했을 때 그곳이 천국인지 그 반대인지, 아니면 또 다른 어떤 세계인지 모를 그런 길.

승환은 그렇게 기체에 올라 뒷좌석으로 사라졌다. 밝게 빛나던 빛이 얼마 후 사라졌고, 어둠이 그 자리를 메웠다.

은하의 집

은하의 동료들과 친구들이 모였다. 손님들이 모두 휴지를 선물로 사왔는지, 현관 입구엔 화장지들이 잔뜩 쌓여 있다. 화장실용 두루마리 휴지, 뽑아 쓰는 박스형 티슈, 키친 타월 등 휴지란 휴지는 종류별로 다 모아놓은 듯하다.

"휴지는 왜 전부 하얀색일까요?"

"아닙니다. 초록색 휴지도 있습니다. 녹차 휴지라고, 화장실 휴지인데 그걸로 볼일 보고 닦으면 기분이 좀 그렇습니다."

"어우. 밥상 앞에서 꼭 그런 얘길 하셔야겠어요?"

"휴지가 초록색이라고? 아우, 그건 좀 그렇다."

"재활용 휴지는 누런색이잖아."

"냅킨은 알록달록하죠."

"하지만 휴지는 대부분 하얀색이 많아요."

"더러운 걸 잘 닦았는지 가장 확실히 확인할 수 있는 게 하얀색이잖아요."

"하지만 때론 하얀색이 얼룩일 때도 있죠."

"하긴, 까만 차에 하얀색 흠집이 나면 엄청 보기 싫어요."

"결국 바탕색이 중요하다는 건가?"

하얀색 일회용 식탁보를 깔아놓은 교자상에 가득 차려진 음식을 먹으며 사람들이 나누는 이야기에, 집들이 분위기가 한창 익어갔다.

화제는 회사 생활에서 군 생활, 부부 싸움, 자녀 문제 등을 거쳐 옛날이야기에까지 이르렀다. 손님 중 한 명이 여섯 살 난 딸에게 요즘 그리스 신화를 읽어주고 있는데, 그중에 눈물이 넘쳐 샘이 되어버린 비블리스(Byblis)라는 여자의 이야기가 있다고 했다.

비블리스에게는 쌍둥이 오빠가 있었는데, 그녀는 오빠를 사랑하고 있었다. 이를 알게 된 오빠는 놀라 도망쳤고, 비블리스가 오빠를 뒤쫓아 갔지만 이미 그는 사라지고 없었다. 사랑하는 사람을 찾아 헤매다 결국 절망한 비블리스는 땅에 주저앉아 하염없이 눈물을 흘리며 울었다. 그 눈물이 모여서 샘이 되었으며, 그녀 역시 눈물에 녹아 샘이 되었다는 슬픈 전설.

이 이야기에 대한 손님들의 의견은 반으로 나뉘었다. 누군가가 비블리스는 스스로 죽음을 선택했을지도 모른다는 추론을 내놓았기 때문이다.

"비블리스는 쌍둥이 오빠를 사랑했다면서요. 울다 보니 눈물이 모여 샘이 되었다면 거기에 비친 자신의 모습을 보았을 것이고, 그 모습에서 오빠의 얼굴이 떠올라서 그 샘으로 들어가버린 건 아닐까요?."

"하지만 그 추론은 일란성 쌍둥이일 때만 가능한 얘기죠. 남매인데 일란성 쌍둥이일 리 없잖아요."

"신화잖아요. 눈물이 모여서 샘이 되는 건 말이 되나요? 어차피 신화라면 일란성 쌍둥이 남매도 있을 수 있는 얘기 아닌가요?"

"그렇더라도 자신의 얼굴과 똑같이 생긴 사람을 보면서 사랑에 빠질 수 있을까요?"

"그 시대에는 거울이 없었을 테니 자신의 얼굴을 매번 볼 수는 없었겠죠. 그러니 상대의 얼굴이 자신의 얼굴과 똑같이 생겼다는 것 자체를 의식하지 않고 살았을 수도 있는 거죠."

"그러고 보니 그 당시는 샘이나 우물같이 고인 물을 통해 자신의 얼굴을 봐야 했던 시대였을 테니, 어쩌면 비블리스는 일부러 울었는지도 모르겠네요. 자신의 얼굴을 비춰 볼 거울이 필요해서. 자신의 얼굴은 결국 자신이 사랑했던 오빠의 얼굴이었을 테니까."

말이 된다는 의견과 말도 안 된다는 의견이 섞여 18평 남짓한 작은 아파트의 거실은 시끌벅적해졌다. 그리고 그렇게 분위기가 익어가는 동안 머스터드의 노란색, 데리야키의 검은색, 아보카도의 초록색, 그리고 케첩의 빨간색 등 여러 소스들로 하얀 식탁보는 울긋불긋 물들어갔다. 유독 마요네즈의 아이보리 색만이 눈에 잘 띄지 않았다.

그렇게 한참 얘기를 나누던 도중, 정전이 되었다.

그리고 까만 어둠이 은하의 작은 아파트 공간을 삼켜버렸다.

현재의 거울

아침 9시경, 현재의 자취방

'내가 왼손을 들면 저 자식은 오른손을 들고, 내가 오른쪽 입꼬리를 올리면 저 자식은 왼쪽 입꼬리를 올린다. 저놈은 나를 똑같이 따라 하지만 늘상 나와는 반대 방향으로 행동한단 말이다. 오늘도 나는 오른손을 들어 칫솔질을 했고, 저 자식은 왼손으로 이를 닦았다. 나는 왼쪽부터 면도를 했고, 저 자식은 오른쪽부터 면도를 했다. 세수를 마친 뒤 둘 다 양손으로 수건을 들어 얼굴의 물기를 말끔히 닦았고, 나는 나의 오른쪽에 있는, 그는 그의 왼쪽에 있는 선반에서 스킨을 집어 나는 오른쪽으로, 그리고 그는 왼쪽으로 뚜껑을 돌려 얼굴에 발랐다.

　가끔씩 나는 그를 볼 때 낯선 느낌이 들곤 한다. 하루 종일 그를 보지 않는 날도 있다. 하지만 그럼에도 그가 보고 싶었던 적은 거의 없다. 그는 평상시엔 존재하지 않다가 내가 그의 존재를 의식하는 순간에만 존재한다. 그는 마치 어느 철학자의 말처럼 내가 인식할 때만 존재하는, 없음의 세계에서 있음의 세계로의 변환과도 같다. 고로 그는 내가 주시하고 인식함으로써 존재하는 그런 존재이다.

　그에게 실체가 있을까? 나는 인식하지 못하는, 그만이 인식하고 주시하는 세상이 존재하고 그 안에서 그가 살아 움직인다면?

　그에겐 생각이 있을까? 나와 같은 모습을 하고 내가 하는 모든 행동을 따라 하지만 그만의 의지와 생각, 감정이 그에게 존재한다면? 누군가의 말처럼 어차피 세상은 보이는 것 반, 보이지 않는 것 반으로 이루어져 있다.'

공군기지

　　　　온종일 자신을 불태우던 해가 하루의 고단한 일
과를 마치고 잠자리로 돌아가려 한다. 자취를 감추기 전 아름
다운 색깔을 뽐내려는 듯, 아니, 다음 새벽까지 잊힐 자신의
여운을 남기려는 듯 하늘을 붉게 물들이고 있다. 그 석양 아
래, 은하가 서 있다.

　"국내 최대 규모의 에어쇼인 'ㅇㅇㅇㅇ 항공전'이 이곳 동해
안에 위치한 ㅇㅇ 공군기지에서 막을 올립니다."

　그녀는 핀 마이크를 찬 채 중얼거리며 재차 멘트를 확인했

다. 그녀의 주변에서 상민이 카메라 앵글을 잡으며 테스트 중이다. 분주하게 촬영 준비를 하고 있는 이들을 향해 멀리에서 현재가 빠른 걸음으로 걸어왔다. 한껏 들뜬 표정이다.

"안녕하세요, 드디어 뵙네요. 한상민입니다. 은하 기자가 어찌나 자랑을 많이 하던지. 귀가 다 따가울 정도였습니다, 하하하."

상민이 현재를 먼저 알아보고 다가가 인사를 건넨다.

"안녕하세요, 저 역시 말씀 많이 들었습니다."

실은 선배 카메라 기자가 오늘 촬영장에 함께 온다는 소리 정도 들었을 뿐이다. 하지만 현재는 은하의 주변 인물에 대해 하나도 빠짐없이 잘 알고 있다는 인상을 주고 싶었다.

"제 얘기를요? 저에 대해 할 얘기도 없을 텐데요, 뭐. 하하. 저야 뭐 은하 추종자 중 하나였지만요. 아, 이런 말씀 실례인 가요? 하지만 뭐, 사실인걸요. 회사에서도 인기가 많은데, 능력자신가 봐요. 실은 은하 기자를 오래 알아왔지만 남자 얘기 하는 거 처음 들었거든요."

능글맞게 웃으며 농담처럼 얘기를 건네는 이 사람, 거슬린다.

"아, 네. 그럼 오늘 잘 부탁드립니다."

대충 대화를 마무리하려는데 그는 눈치 없이 계속해서 말을 이어갔다.

"오늘 이 취재 나오겠다고 회사에서 은하가 어땠는지 아세요? 어휴, 데스크 허락을 받아내느라 아주 난리도 아니었답니다. 이쪽 일은 원래 정치부에서 나와야 하잖아요. 근데 문화부 기자가 나오겠다고 하니 부장이 허락을 하겠어요? 그런 걸 그냥 하늘을 나는 꿈 어쩌고 하면서 문화부 일이라고 따박따박 따져대는데, 아무튼, 이 위험한 일을 굳이 하겠다고. 이렇게까지 취재 나오고 싶어 한 걸 보면 은하가 아주 푹 빠졌나 봅니다, 하하. 사실, 어제는 안 찍었어도 되는 건데, 굳이 나오자고 해서."

어제라니? 어제도 이곳에 왔다는 건가?

"어제요?"

"아, 모르셨어요? 어제 정비 취재 나왔었잖아요. 그 파일럿 출신 정비하시는 분, 대위님 친구분이라고 하던데? 두 분이 친한 사이라고 하더니. 아이구 이런, 혹시 제가 실수한 건가요? 아하하하."

상민은 당황한 듯 급히 화제를 돌렸다.

"아무튼 중요한 건, 글쎄 은하가 얼마나 정성스럽게 취재했냐는 거죠. 이 대위님 면 살려주려고 그런 거 아니겠어요? 하여간 내조 하나는 끝내주겠어. 아 글쎄 비행기의 고장 원인이 뭐냐, 사고를 예방하기 위해 어떤 정비를 하느냐, 낙하산은 자동으로 펴지냐 안 펴지냐, 그리고 또, 그 뭐더라. 그, 있잖아요, 새가 프로펠러 들어가서 사고 나는 거. 맞다, 버드 스트라이크! 그 원리까지 물어보더라니까요. 프로펠러에 작은 장비라도 잘못 들어가면 큰일나겠다고. 하여간 하나를 가르쳐주면 둘을 알아요. 하긴, 뭐 꼼꼼히 취재하는 거야 나쁘지 않으니까. 덕분에 편집할 양은 늘어났지만요. 하하, 하여간 좋으시겠어요, 하하."

현재는 시키지도 않은 말을 정신없이 쏟아내는 이 카메라 기자 때문에 정작 은하와는 인사조차 나누지 못했다는 것을 깨달았다.

"아, 네. 수고 많으시네요."

현재는 이번에도 지극히 형식적인 대답을 던져 이야기를 끝내자는 사인을 보냈다. 그러고는 두리번거리며 은하를 찾는 시늉을 했다. 그런 현재를 의식했는지 상민은 주변을 살피며 말했다.

"은하 기자, 방금 여기 있었는데. 아, 아마 금방 올 겁니다."

현재는 마치 자신보다 그녀를 더 잘 안다는 듯 말하는 그가 또 한 번 거슬렸다. 그러자 왠지 그보다 더 먼저 은하를 찾아야만 할 것 같은 생각이 들었다. 마음이 급해지기 시작해 이 번엔 신중하게 주변을 살폈다. 하지만 바로 눈에 띌 것이라 생각했던 것과 달리 그녀의 모습은 어디에도 보이지 않았다. 은하는 인사도 나누지 않고 대체 어디로 간 것일까? 조금 전 까지 멘트 연습을 하고 있지 않았던가? 눈만 돌리면 있을 거 라 생각했던 그녀가 보이지 않자 현재는 순간적으로 불안해 졌다.

집중해서 빠르게 사방을 둘러보며 찾은 끝에 현재는 비행 기 뒤편에서 은하를 발견했다. 누군가와 속삭이듯 대화를 나 누고 있는 그녀. 무슨 비밀 얘기라도 나누는 듯 얼굴을 가까 이 맞대고 서 있다.

"앗, 저분, 친구분 아니세요? 엇, 어제 취재 다 했는데 왜 또 오셨지? 아아, 이 대위님 보러 오셨나 보구나? 아하하하."

상민이 현재의 기분을 의식한 듯 또 한 번 선수를 친다.

"자자, 촬영 들어갑시다. 은하 기자, 위치하고!"

상민이 당황한 듯 큰 소리로 은하를 불렀다. 은하는 선배의 부름에 놀란 듯 대화를 황급히 마치고는 달려왔다. 뛰어오는 은하의 뒤로 어두워 보이는 승환의 얼굴이 들어왔다.

"마이크 어쨌어? 뭐? 어쩌다가? 어휴, 너답지 않게. 하긴, 오늘 같은 날 긴장할 만하기도 하지. 괜찮아. 일단 이거 써!

부장한텐 내가 잘 말할게."

은하가 마이크를 잃어버린 모양이다. 그런 은하를 향해 상민은 스페어 마이크를 건네며 감싸듯 말했다.

"레디, 큐!"

그러고는 은하의 실수를 덮으려는 듯 과할 정도로 크게 큐 사인을 외쳤고, 그것은 현재를 다시 한번 거슬리게 했다.

"국내 최대 규모의 에어 쇼인 '○○○○항공전'이 이곳… 제가 직접 탑승해보도록 하겠습니다."

새로운 마이크를 든 은하는 한 번에 멘트를 성공시켰다. 준비 시간이 무색할 정도로 빠른 촬영이었다. 멘트를 마친 은하는 현재를 바라보며 미소지었다.

"컷! 좋아 좋아!"

상민은 역시나 호들갑을 떨어댔고 다음 촬영을 위해 카메라 위치를 옮겼다.

"자, 다음 촬영으로 넘어갈게요. 해 지기 전에 얼른 진행하시죠."

그러고 보니 해는 벌써 모습을 감추려 하고 있었다. 서둘러야 한다. 더 늦어지면 비행이 위험해질 수도 있다.

드디어 비행의 시산.

G수트를 입은 은하가 전투기에 올랐다. 순간 현재의 가슴이 뛰기 시작했다. 잠시 후면 그녀와 하늘로 오른다.

현재는 착석을 도우려 그녀에게 손을 내밀었다. 현재가 내민 손을 꼭 잡고 좌석에 올라탄 은하는 불안한 듯 주변을 두리번거렸다. 그녀가 착용한 G수트가 한없이 크고 무거워 보였다. 현재는 그런 그녀가 안쓰러웠다. G수트는 은하가 중력을 견딜 수 있도록 도와주겠지만 작은 체구의 그녀가 비행의 압박을 견뎌내기는 쉽지 않을 것이다. 그런데도 비행 체험을 고집했던 은하다. 현재와 함께 꼭 하늘을 날고 싶다고. 그곳에서 둘만이 함께하는 경험을 해보고 싶다고. 중력 따위 이겨낼 수 있다고.

현재는 은하에게 지금이라도 포기할 수 있다고 말하려 했지만, 그녀의 표정에서 그러지 말라는 느낌을 받았기에 입을 닫았다. 대신, 현재는 은하에게 헬멧과 산소마스크를 씌우고 재차 매만져주었다. 그녀가 견뎌낼 수 있을지 걱정되었지만 자신보다는 우선 그녀를 안심시키기로 했다. 불안하면 일을 그르치는 법이다.

"이제 우리 함께 하늘을 나는 거야. 그런데 만약 속도를 견디지 못하고 정신을 잃으면 잠시 꿈꾸고 있어. 내가 그 꿈속으로 따라가 널 찾을 테니까."

현재가 은하의 얼굴을 두 손으로 감싸고 눈을 마주치며 굳은 표정으로 말했다. 진지한 그의 표정에 은하는 옅은 미소를 지어 보이며 말했다.

"그런 꿈이 있다면, 그 꿈, 영원히 반복되었으면 좋겠다."

모든 준비를 마친 비행기는 활주로를 향해 달리기 시작했다. 그리고 생각보다 훨씬 빠르고 부드럽게 하늘을 향해 이륙했다.

수은하

그것은 마치 한 세상에서 다른 세상으로 이동하는 것 같았다. 그동안 수많은 만남과 헤어짐을 반복한 은하였다. 자신에게 진정한 사랑 따윈 오지 않을 거라 생각했다. 그녀의 만남과 헤어짐은 늘 시끌벅적한 시장 바닥 같았다. 요란스럽게 만나고 요란스럽게 헤어졌다. 그녀가 만나온 사람들, 그녀가 쓰는 기사들, 그녀가 접하는 세상은 온통 잡음투성이였다. 그녀를 고요하게 만드는 것은 오직 홀로 올려다보던 하늘뿐이었다.

그의 몸이 그녀의 몸으로 들어오는 순간, 그녀는 지금까지 보지 못하고 듣지 못했던, 아니 알지 못했던 새로운 세상이 존재하고 있다는 것을 느꼈다. 추상적이거나 개념적인 세상이 아닌 실제로 물리적으로 존재하는 세상.

그 시간 이후 그녀의 세상은 더 이상 그녀가 살아온 세상이 아니었다. 새로운 세상으로의 이동. 그녀가 존재하는 세상은 이제 더 이상 어둡지도, 우울하지도 않았다. 그 대신, 불안할 만큼 찬란하고 두렵도록 아름다웠다.

현재의 자취방, 그 좁은 공간에서 그와 나누는 사랑은 비밀스럽고 은밀했다. 옆집의 TV 소리가 가끔씩 들리는 것으로 보아 현재와 은하가 사랑을 나누는 공간과 옆집과의 거리는 그다지 멀지 않다는 것을 알 수 있었다. 얇은 벽 하나로 가려진 그 공간에서 그들은 숨죽이며 사랑을 나눴다. 그녀는 그가 깊이 들어올 때면 자신도 모르게 흘러나오는 신음 소리를 안으로 삼키곤 했다.

그녀가 시끄럽게 섞이며 살았던 공간이, 그녀의 귀와 뇌를 괴롭혀오던 수많은 소리들이 비행기의 일정한 소음으로 덮였다. 그의 손길이 머리에서부터 흘러내린다. 현재가 비행기 조종간의 레버를 당긴다. 그의 입술이 그녀의 입술로부터 멀어져 목을 타고 흐른다. 현재가 조종간을 움직이자 기체가 하늘을 향해 상승한다. 둘만이 겨우 들을 수 있는 작은 소리로 속삭이는 사랑은 이 세상으로부터 그들을 고립시키며 둘만의 세계로 빠져들게 만든다.

은하는 지금 땅보다 하늘에 더 가깝다. 발아래 현실은 너무도 작아 보인다. 하늘에서 내려다본 땅은 마치 땅에서 올려다본 하늘처럼 아득하고 멀었다.

그의 입술이 그녀의 가슴에 머문다. 그의 혀가 그녀를 음미하고 그녀의 혀는 공기를 애무한다. 공기가 그녀의 입안으로 들어왔다 나간다. 그리고 다시 들어왔다 나간다. 그렇게 그의 몸이 그녀를 넘나든다. 기체가 구름을 가른다. 하늘에서 춤을 춘다. 현재의 작은 자취방이 그녀에게는 하늘이 되고, 그녀는 드디어 날아오른다.

은하는 현재 안에서 완전한 안정감과 온전한 자유를 느꼈다. 하늘을 나는 순간, 그녀가 살아온 인생이 가장 찬란하게 빛났다.

회귀

르네 마그리트의 〈회귀〉. 커다란 새 한 마리가 날아간다. 별이 반짝이는 밤하늘을 날아가는 새는 몸 안에 하얀 구름을 품고 있다. 그림의 앞쪽에는 새 둥지가 하나 놓여 있다. '회귀'라는 제목은 바로 이 둥지로의 회귀를 말하는 것이리라. 비현실적으로 하늘을 가득 메운 날개를 쭉 뻗은 새가 낮과 밤을 날아 둥지로 돌아간다.

미술관에서의 데이트는 이번이 벌써 다섯 번째다. 은하는 현재와 여러 문화 행사에 함께 가기를 원했다. 현재는 그림이

나 음악에 대한 지식이 없어 망설였지만, 예술은 머리가 아닌 가슴으로 느끼는 것이라는 은하의 말에 용기를 냈다.

그녀를 따라 처음 미술관에 갔을 때 그는 마음에 드는 작품이라곤 단 한 점도 발견할 수가 없었다. 이해하기 힘들뿐더러 아름답게 느껴지지도 않았다. 지루하고 난해하다고만 느껴졌다.

가까스로 시간을 견디다, 어느 조각상 앞에 서서 작품을 자세히 보려고 상체를 숙인 은하의 모습을 보았다. 〈달아나는 사랑, 지나가는 꿈〉이라는 로댕의 조각 앞에서였다. 반짝이는 눈빛을 하고 상체를 숙인 그녀의 셔츠 안쪽으로 가슴 골이 드러났다.

그녀는 전혀 의식하지 못한 채 작품을 자세히 보려고 상체를 더 많이 구부렸다. 그녀의 탐스러운 가슴이 조각 같은 그 자태를 드러냈다. 현재는 그녀가 마치 보석을 숨기고 있는 보석함처럼 느껴졌다. 그 보석을 꺼내어 그 반짝임을 확인하고 싶어졌다. 손에 넣고 그 촉감을 느껴보고 싶었고 입에 넣어 그 단단함을 음미하고 싶었다. 구부린 그녀의 허리를 따라 봉긋 튀어나온 엉덩이가 그녀 앞에 전시된 그 어떤 유명한 예술 작품들보다 더 아름다워 보였다. 끓어오르는 욕망이 그를 뜨겁게 만들었다. 그녀의 몸은 그를 벅차게 했고 가슴 뛰게 했으며 흥분하게 만들었다.

순간 그는 만약 자신이 지금 느끼는 그 감정으로 조각을 만든다면, 그 보석이 영원하도록 조각을 한다면 어떨까 생각했다. 로댕의 작품이 눈에 들어오기 시작한 건 바로 그때부터였다. 달아나는 여인, 그녀를 필사적으로 붙잡고 있는 남자. 여인의 가슴을 부여잡고 그녀가 떠나지 못하게 몸부림치는 남자의 처절함. 그의 가슴에 뜨거운 무언가가 올라왔다. 아까와는 다른 종류의 뜨거움이었다. 이상하게도 그날 이후 현재는 예술이 더 이상 어렵게 느껴지지 않았다.

지금, 그는 마그리트의 〈회귀〉 앞에 서 있다. 거대한 새가 하늘을 날아가고 있다. 그런데, 새가 나는 세상은 밤일까, 낮일까? 새의 몸에 드러난 구름은 몸에 새긴 것일까, 새를 투과하는 것일까? 아니, 어쩌면 저것은 단지 새 모양을 한 창문에 불과할지 모른다. 그렇다면 진짜 하늘은 새의 몸 안에 있는 것일까, 아니면 밖에 있는 것일까? 둘 중 하나는 실제가 아니다. 낮과 밤은 동시에 존재할 수 없다. 현재의 머리가 갑자기 혼란스러워졌다. 새가 현재에게 무언가를 말하려는 것 같은 기분이 들었다. 낮과 밤, 안과 밖, 하늘과 둥지, 구름과 별, 하늘을 가득 메운 새. 날갯짓. 그리고,

"르네 마그리트의 그림을 이렇게 직접 보게 되다니. 믿을 수가 없어."

은하의 상기된 말투에 현재는 순간적으로 그림에서 빠져나왔다. 은하는 〈회귀〉보다는 다른 작품에 관심이 더 많은 듯했다. 은하는 〈인간의 조건〉이라는 제목의 그림으로 다가가 멈추어 섰다. 그림에는 바다가 보이는 창이 하나 그려져 있고, 그 앞에는 바다가 그려진 캔버스가 하나 놓여 있다. 그림 안에 그림이 그려진 캔버스가 있다는 것이 인상적이었다.

"저 바다 말이야, 캔버스가 가리고 있잖아. 저 캔버스 뒤 실제 바다에는 뭐가 있을까?"

은하가 물었다.

"글쎄…… 그냥 평온한 바다?"

현재가 대수롭지 않게 말했다.

"아니, 무시무시한 상어. 아니, 어쩜 누군가가 조난을 당해서 구조를 기다리고 있는지도 몰라. 작은 섬이 있을 수도 있고……."

우리는 가려진 그림 뒤에 존재하는 진실이 무엇인지 영원히 알 수 없을지도 모른다.

은하는 그림 앞에서 한참을 바라보다 이렇게 말했다.

"저 캔버스는 단지 착각을 일으키는 것에 불과할지 몰라.

사실은 가려진 채. 그런데 말이야, 저 바다도 실은 실제 바다가 아니라 그림일 뿐이라는 거, 재미있지 않아? 그림 속 캔버스에 그려진 바다가 바다가 아닌 것처럼 말이야. 그런데도 우리는 그것을 바다라고 부르지."

은하는 미소를 띠며 덧붙였다.

"저 그림처럼, 우리가 보는 모든 것은 단지 착각일지도 몰라."

마지막 작품을 뒤로하고 전시장을 나오려는데 벽에 걸린 문구가 현재의 시선을 잡았다.

"꿈이 깨어 있는 현실의 반영이라면, 현실 역시 꿈에 대한 반영이다." -르네 마그리트-

꿈과 악몽

　　　　　'딩동.' 초인종 소리가 그의 귀를 세차게 때렸다.
잠에서 깬 현재는 순간적으로 주위를 둘러보았다. 컴컴한 방
안을 재빨리 훑어보고 난 후 비로소 그곳이 자신의 자취방임
을 안다. 딩동. 곧바로 다시 한번 초인종 소리가 울린다. 그
소리에서 초조함이 묻어난다. 딩동. 이어지는 또 한 번의 초
인종 소리. 이번엔 그 속도가 조금 느리다. 마치 그를 향해 무
겁게 경고하는 듯하다. 세 번에 걸쳐 울린 초인종은 시간의
상대성을 증명이라도 하듯 처음엔 갑작스럽게, 두 번째는 아

주 빠르게, 그리고 마지막엔 단언하듯 천천히 현재의 귀에 들어왔다. 그 누구라도 초인종의 템포를 그토록 조절할 수는 없었을 것이다. 그놈인가? 현재는 불안한 마음이 들어 문 쪽을 뚫어져라 쳐다보았다.

띡띡띡띡. 네 개의 비밀번호를 누르는 소리가 들리는 동안 현재는 시선을 문고리에 고정시켰다. 그러고는 한 손을 뻗어 침대 옆에 놓인 소주병을 집어 들었다. 몸의 온 신경이 고슴도치처럼 곤두섰다. 끼익. 오랫동안 기름칠을 하지 않은 현관문이 내뱉는 쇳소리와 함께 검은 그림자가 현재의 방에 드리워졌다.

"깨어 있으면서 왜 대답을 안 해?"

승환이 바닥의 소주병들을 밀치며 방으로 들어왔다.

"며칠 동안 여기 틀어박혀 있었던 거야?"

'그가 내 비밀번호를 어떻게 알았지? 내가 가르쳐준 적이 있었던가?'

현재는 잘 기억나지 않았다. 승환은 마치 무언가를 찾는 것처럼 현재의 방을 두리번거렸다. 그의 몸짓에서 초조함이 느껴졌다. 그는 왜 이곳에 온 것일까? 현재는 초점 없는 눈동자로 승환을 바라보았다. 똑바로 그를 쳐다볼 수 없었다. 그럴수록 정신이 혼미해졌기 때문이다. 정신을 차려야 한다.

현재는 화장실로 들어가 세면대에서 찬물을 틀어 얼굴에 세차게 끼얹었다. 그날 이후부터 시작된 놈과의 숨바꼭질. 현재를 바짝 조여오는 놈. 그놈은 분명 가까이에 있다. 가까이에서 현재를 주시하고 있다. 정신을 차려야 한다. 그 낯짝을 똑바로 쳐다봐야 한다. 그놈을 잡아야 한다. 하지만 그럴수록 그의 머릿속은 혼미해졌다.

오래도록 청소를 하지 않은 어항처럼 머릿속이 뿌옇다. 한 마리 물고기가 머릿속을 휘젓고 다닌다. 녀석은 하루 종일 먹고, 싸고, 돌아다니고를 반복한다. 좁은 그의 머리 안에서 이리저리 싸돌아다니다가 가끔씩 제자리에 서 있을 때면 배설물을 내뿜는다. 그러고는 또 머리를 오염시킨다. 시간이 지나면 지날수록 머리에는 찌꺼기가 쌓여간다.

오염되고 바랜 머리의 피를 순환시키고 오물로 더럽혀진 눈동자를 씻어내기 위해 현재는 수돗물을 얼굴에 다시 한번 끼얹었다. 그리고 손으로 바가지를 만들어 한가득 물을 담아 벌컥벌컥 들이켰다. 얼음처럼 차가운 물이 현재의 뺨을 때리고는 목을 타고 흘렀다. 순간, 뒤에서 느껴지는 인기척에 소스라치듯 놀라 현재는 고개를 들어 앞을 응시했다. 이내 그의 목을 낚아채듯 휘감겨오는 끈 하나. 그가 현재의 목을 조여온다. 현재는 안간힘을 쓰며 끈의 힘에 저항한다. 그럴수록 그

힘은 더욱 커지고 현재는 숨이 막혀온다. 으윽.

어항에 남아 있던 산소가 사라지고 있었다. 물고기의 배설물은 계속 물을 오염시켰다. 물고기는 그 더러운 물에서 더이상 숨을 쉴 수가 없었다. 필사적으로 나갈 곳을 찾아 헤매던 물고기는 마침내 어마어마한 힘으로 어항을 뚫었다. 그리고 산소를 찾아 물 밖으로 나왔다. 하지만 죽을힘을 다해 산소를 찾아 어항을 뚫고 나온 그 순간, 물고기는 깨달았다. 물밖에선 숨을 쉴 수 없다는 것을.

෴

헉! 가쁘게 숨을 내쉬며 현재가 잠에서 깨어났다. 최근 들어 악몽이 잦아졌다. 왜일까? 흘러내리는 땀을 닦으며 옆으로 시선을 옮겼다. 여느 때처럼 은하가 한 줄기 스며드는 아침 햇살을 받으며 잠들어 있다. 숨 막혔던 꿈과는 판이하게 다른 풍경이다.

쌕쌕거리며 숨을 쉬고 있는 그녀.

그녀의 입술에서 따뜻한 공기가 새어 나온다.

현재는 한쪽 팔을 베고 옆으로 돌아누워 그녀를 한참 동안 쳐다보았다. 그러다가 곤히 잠든 은하가 깨지 않도록 침대를 미끄러지듯 내려와 까치발을 들고 주방으로 향했다. 냉장고를 열어 우유와 달걀을 꺼내고 우유의 유통기한을 확인했다. 9월 21일. 현재는 팬케이크 가루 위에 우유 한 컵을 붓고 달걀 한 개를 넣었다. 여러 날이 둥글게 교차된 거품기를 꺼내어 재료들을 섞었다. 재료들은 새로운 형태로의 전환을 시작해 저항하다 이내 부드럽게 서로를 허락하며 하나로 섞여들었다.

기름을 두른 팬에 올려져 먹음직스럽게 구워진 팬케이크. 현재는 그 위에 얹으려 준비한 딸기의 꼭지를 입에 물고는 그대로 침대로 향한다. 아직 자고 있는 은하의 입술 사이로 공기가 일정한 속도로 들어갔다 나온다. 무방비 상태로 열려 있는 그녀의 입속으로 현재가 이끌리듯 딸기를 밀어 넣는다. 딸기를 받아 문 그녀의 입술이 더욱 붉어졌다.

"꿈에서 내가 물고기가 되었어."

현재는 그렇게 말하고는 그녀를 품에 안았다. 그러고는 그녀의 어깨 끈을 내리고 그녀의 봉긋한 가슴을 지나 다리 밑으로 슬립을 벗긴다. 현재는 그녀의 발밑에서 그녀를 올려다보았다. 한 줄기 햇살이 그녀의 벗은 몸을 태연하게 만지고 있었다. 무릎이 살짝 벌어진 그녀의 다리 사이를 그의 입술이 타고 올랐다. 그의 입술이 허벅지 안쪽을 지날 때 그는 그녀의 허벅지 사이에서 빛을 받아 반짝이는 물기를 보았다. 순간 그는 꿈에서처럼 목이 마른 물고기가 되어 한 줄기 흐르는 물을 핥아 마셨다. 그녀가 신음 소리를 냈다. 현재는 그녀를 감싸 안고 있던 햇살을 자신이 옮겨 받으며 그녀의 골반, 배꼽, 가슴, 그리고 목을 타고 올라 그녀의 입술과 마주했다. 그의 시선이 그녀의 입술에서 눈동자로 옮겨갔다.

현재의 눈동자가 은하의 눈과 마주하는 순간, 은하의 눈동자가 그에게서 멀어진다. 귀를 찢는 듯한 소음, 세차게 부는 바람, 또 같은 꿈이다. 그녀가 손을 뻗어 현재를 향하고 있다. 그 손을 잡으려 안간힘을 써보지만 그럴수록 그녀는 더 멀어진다. 여기는? 주변이 온통 벌겋다. 타는 듯 강렬한 붉은빛에 둘러싸인 그녀. 가라앉듯 아래로 한없이 멀어지는 그녀를 향해.

안 돼!

⋘☙⋙

"너지? 네가 그랬지? 당장 나와. 비겁한 새끼. 너. 반드시. 내가. 죽인다."

현재는 넋이 나간 채 미친 듯이 격납고를 뒤지며 허공에 대고 소리쳤다. 그놈이다. 그놈이 분명 이곳에 있다. 순간, 검은 그림자 하나가 전투기 사이를 스치듯 지나갔다. 그놈이 분명하다. 현새는 빠르게 그림자의 뒤를 밟았다. 검은색의 그림자는 마치 검은 그 형체 안에 영혼이 있는 것처럼, 누군가의 것이 아닌 그림자 그 자체로 존재하는 듯 보였다. 소속에서 분리된 하나의 개체처럼.

그림자는 땅과 하늘, 그리고 벽을 자유롭게 넘나들었다. 커졌다 작아졌다 그 형태를 달리하며 현재를 홀렸다. 현재는 그림자를 따라 미친 듯이 격납고를 뛰어다녔다.

마침내 그림자는 현재를 격납고 밖으로 불러냈다. 밖에 나오자 그림자는 날개를 뻗어내기 시작했다. 그러고는 하나의 새가 되어 하늘을 향해 날아올랐다. 한 번, 두 번, 세 번.

날갯짓을 할 때마다 새의 크기는 점점 커지고 형태는 더욱 뚜렷해졌다. 네 번의 날갯짓에 현재는 새의 입에 무엇인가가 물려 있다는 것을 알아챘다. 다섯 번째, 현재는 설마! 하고 외쳤다. 여섯 번째. 그가 본 것이 사실이 아니기를. 일곱 번째. 새는 마그리트의 새처럼 점점 더 땅에서 멀어지며 하늘을 덮을 만큼 커졌다. 여덟 번째. 새는 하늘의 가장 높은 곳으로 올랐다. 그러고는 아홉 번째. 입에 물었던 그 무엇을 입을 벌려 놓아버렸다. 열. 은하가 추락한다.

"안 돼!"

현재가 놀라 소리치며 꿈에서 깨어났다. 은하와의 섹스 후 또다시 잠에 빠져들었던 모양이다. 깨어보니 은하가 안타까운 얼굴로 현재를 바라보고 있다. 최근 들어 부쩍 악몽이 잦아졌다.

"잠이 들면 계속 꿈을 꿔. 꿈속에서 당신이 추락해. 나는 누군가를 끊임없이 쫓고, 그 누군가는 나를 죽이려고 해. 아니, 내가 그를 죽이려고 하는 것 같기도 해. 그런데 무엇보다…… 당신을 잃을까…… 두려워."

현재가 은하의 무릎에 얼굴을 파묻으며 말했다.

"걱정하지 말아요, 이곳에서 난 안전하니까. 절대 아무 데도 가지 않아. 당신이 여기에 머무르는 한."

은하가 현재의 머리카락을 부드럽게 어루만지며 속삭였다.

은하가 현재의 스마트폰을 꺼내 든 건 한 시간쯤 지난 후 거실에서였다. 은하는 현재의 어깨에 기대어 스마트폰을 현재의 눈앞에 내밀었다. 현재는 비밀번호 0921을 눌러 잠금을 풀었다. 은하는 화면을 눌러 사진 어플리케이션을 실행시켰다.

은하가 폴더 하나를 손가락으로 눌렀다. 첫 데이트 때 국립현대미술관에서 찍은 사진들이다. 그 처음의 설렘과 긴장감이 사진의 표성에서 묻어났다.

"우리 참 풋풋했네."

현재가 말했다. 입가에 저절로 미소가 번졌다. 사진을 보고 있자니 조금 전 악몽의 기억은 사라지고 그때의 감정이 고스란히 올라오는 것 같았다.

현재는 시간을 거슬러 과거의 시간으로 돌아갔다. 정확히 몇 월 며칠인지, 몇 시, 몇 분인지, 어떤 동선을 따라 어떻게 움직였으며, 어떤 그림을 감상했는지, 또 무슨 옷을 입고, 무슨 신발을 신었는지, 지나가는 사람들이 많았는지 적었는지, 둘은 어떤 대화를 나눴고 은하는 어떤 표정을 지었는지 등 세세한 부분들은 생각나지 않는다. 하지만 그때 그의 안에서 일었던 감정의 움직임을 그의 세포는 정확히 기억하고 있었다.

사진을 보고 있는 지금, 몸의 세포들은 그때와 똑같은 반응을 일으켰다. 몸 안에서 작은 열꽃이 피며 심장이 빠르게 뛴다. 호흡이 살짝 가빠진다. 현재는 천천히 숨을 들이마시고는 내쉬었다. 그러고는 자신의 품에 안겨 있는 은하를 다시 한번 힘을 주어 안았다. 은하도 음, 하는 소리를 냈다. 그녀도 같은 감정에 머물렀다는, 그녀의 몸도 그때의 느낌을 기억한다는 신호다. 현재는 새삼 그녀가 지금 자신의 곁에 함께 숨 쉬고 있음에 감사했다. 또한, 지나간 시간인데도 뿌옇게 퇴색된 과거가 아니라 현재가 되어 되살아남에 감사했다. 그녀의 현재와 자신의 현재가 같은 시간이라는 사실에 감사했다.

'데이트' 폴더에 있는 생생한 기억의 사진들을 다 보고 나서 이번엔 '결혼식' 폴더를 열었다. 그녀와 함께 있는 지금 이 시간을 가능하게 한 날이 아니던가. 첫 번째 사진이 시작됐다. 그런데 웬일인지 까만 화면이 드러날 뿐, 사진이 보이지 않는다. 다음 사진도, 또 그다음 사진도 계속해서 까만 화면뿐이다. 사진 애플리케이션에 이상이 생긴 것이 분명하다. 설마 사진이 다 날아간 것은 아니겠지? 걱정이 돼 빠른 손놀림으로 화면을 넘겨본다. 다행히도 드디어 형상이 보이는 컬러 사진이 모습을 드러냈다. 주례 앞에 서 있는 모습인 듯하다. 그런데 주례를 향해 서 있는 현재의 뒷모습 옆에, 함께 있어야 할 은하의 자리가 또다시 까만색으로 덮여 있다. 마치 반쯤 찢겨나간 종이 사진처럼. 다음 사진 역시 은하에게 반지를 끼워주는 현재의 모습이지만 마치 허공에 대고 반지를 끼워주는 듯, 그녀의 손이 보이지 않는다. 손이 있어야 할 곳엔 하얀색이 대신 자리를 메우고 있다. 바이러스인가?

다른 폴더를 확인하기로 한다. 르네 마그리트 전을 보고 난 후 들렀던 미술관 옆 작은 카페에서 찍은 사진이 나타났다. 다행이다. 다른 사진에는 문제가 없는 것 같다. 딸기가 얹어진 쉬폰 조각 케이크가 선명하게 찍힌 사진이 보인다.

"이 딸기 말이야, 실은 장미과라는 거, 몰랐지?"

사진 너머로 은하의 목소리가 들려왔다.

"장미과? 가시 달린?"

"응. 나도 처음 듣고는 놀랐어. 딸기가 장미과라는 건 정말 상상하기 어려우니까. 딸기를 보면서 누가 장미를 상상하겠어. 그래서 딸기나무에는 가시가 있다나 봐. 자신이 장미과라는 걸 잊지 않기 위해. 그걸 생각하면 안쓰럽기까지 해."

은하는 쉬폰 케이크 위에 올려진 딸기를 카메라에 담으며 말했다.

"딸기도 꽃을 피워. 우리가 알고 있는 장미만큼 화려하지는 않지만 제법 예쁘지."

은하는 마치 꿈꾸듯 얘기를 이어갔다.

"그리고 이 작고 빨간 딸기는 북유럽 신화에도 등장해. 딸기는 다름 아닌 결혼의 여신인 '프리카'에게 바치던 과일이었대. 딸기 꽃의 꽃말은 '행복한 가정'. 빨간 장미가 열정적 사랑을 뜻하잖아. 장미에 근원을 둔 열매가 딸기인 걸 떠올리면 너무나 자연스러운 꽃말이 아닐 수 없어. 참, 딸기 꽃은 하얀색이야. 하얀 꽃잎에 노란 수술을 가졌지. 이 꽃이 떨어지고 나면 그 자리에 빨간색 열매가 맺히는 거야. 딸기의 초록색 꼭지는 꽃이었을 때부터 있었던 거고. 우리가 손으로 잡고 먹는 부분 말야. 꽃이 떨어지고 열매가 맺히는 동안 꼭지는 꽃의 탄생과 죽음, 그리고 열매의 탄생까지 함께하는 거지."

딸기 하나를 이렇게 열정적으로 탐구하는 은하를 현재는 신기하다는 듯 바라보았다.

"아, 그리고 하나 더 있어. 북유럽 신화에는 천국의 문을 지나는 사람의 입에 딸기즙이 묻어 있으면 그는 지옥으로 보내진다는 전설이 있대. '프리카'에게서 딸기를 훔쳤다는 이유로 말이야. 그런데, '행복한 가정'을 훔쳐 가진 죄로 지옥에 떨어진다면 그건 불행일까, 행운일까?"

현재는 그때를 떠올리며 생각에 잠겼다. 그녀의 목소리가, 그녀의 눈동자가, 그녀의 미소가, 그녀의 모든 것이 너무도 그리웠다. 미치도록 사무쳤다.

현재는 순간 자신이 그 카페에서 벗어나 하늘에서 자신과 은하의 모습을 내려다보고 있다는 것을 깨달았다. 그러고는 주변의 소음을 인식했다. 카페에 앉아 있는 사람들의 목소리가 점점 커지기 시작했다. 물을 붓는 소리, 커피머신에서 커피가 내려지는 소리, 계산대의 바코드 찍는 소리와 컵과 접시가 부딪치며 나는 소리, 그리고 사람들의 발자국 소리, 그들의 웃음소리……

소리들은 점점 더 커지고 하나로 뭉쳐 거대한 울림으로 변해 현재의 귀에 들어왔다. 그리고 그 울림은 증폭을 반복하다 이내 귀를 찢을 듯한 소음으로 변했다.

৩৪৩৩৩

고개를 돌려 유리창 밖을 내다보니 끝없이 파란색이 펼쳐져 있다. 아마도 하늘을 날고 있는 듯하다. 좀 전에 들렸던 소리는 비행기의 소음이었나 보다. 예사롭지 않은 소음이다. 그동안 수없이 많은 비행을 했지만 이렇게 큰 소리는 들어본 적이 없다. 소리에 너무 집중했던 탓인지 현재는 한참이 지나서야 발아래로 축축한 기분을 느꼈다. 내려다보니 벌써 물이 무릎까지 차올랐다. 게다가 그가 앉아 있는 곳은 조종석이 아닌 뒷좌석.

그는 분명 하늘을 날고 있는데도 마치 바다로 가라앉는 듯 발아래엔 물이 차오르고 있다. 현재는 본능적으로 이곳을 빠져나가야 한다고 느꼈다. 하지만 조종석에는 아무도 없다. 그가 앉아 있는 뒷좌석에서는 조종할 수 없다. 앞으로 이동할 수도 없다. 물은 순식간에 차올라 턱까지 잠겼다.

고개를 바짝 들어 남은 공기를 들이마셔본다. 입안으로 물이 들어오기 시작했다. 숨을 쉴 수가 없다. 사출 레버를 작동시켜야 하는데, 손을 뻗을 수가 없다. 그의 사지는 움직일 생각조차 하지 않는다.

"사, 살려줘!"

순간 현재의 머릿속에 한 가지 의심이 들기 시작했다. 논리가 맞지 않는다. 현실과 흡사해 보이지만 이 상황은 현실이 아니다. 하늘엔 물이 있을 수 없다. 그렇다면 이것은 실제가 아니다. 실제가 아니라면 여기는? 그렇지. 꿈속이다. 현재는 지금 꿈속에 있다. 이곳은 꿈속이 확실하다. 최근 들어 악몽이 잦지 않았던가. 그는 지금도 악몽을 꾸고 있는 것이다.

그렇다면 두려워할 필요가 없다. 이 상황을 바꾸면 된다. 의지대로 몸을 움직이면 그만이다. 아니, 그보다 이 꿈에서 벗어나면 된다. 꿈에서 깨어버리면 되는 것이다. 꿈이라는 것은 인식하는 순간, 현실이 아니지 않은가. 이 순간 괴로울 이유도, 무서워할 필요도 없다. 꿈은 환영에 불과하니까.

하지만 꿈이든 현실이든 지금 느끼는 이 감정은 현재 일어나고 있는 일이다. 지금 그는 분명 두렵고, 공포에 떨고 있다.

아무리 현실이 아니라 해도, 아무리 꿈이라 해도. 그는 지금 위험하다. 그곳을 벗어나야만 숨을 쉴 수 있다.

여기서 벗어나야 해. 눈을 떠야만 해!

⋐❧⋑

단지 눈꺼풀 하나에 불과했다. 감았던 눈을 뜨자 현재는 순식간에 죽음을 눈앞에 둔 비행기에서 아늑한 자신의 자취방으로 이동해 있었다. 현재는 왼쪽 가슴에서 온기를 느꼈다. 은하가 그의 심장 소리를 들으며 품에 안겨 있다.

"우리 결혼하면?"

그녀는 벗은 몸에 이불을 두른 채 마치 현재가 미리 던져놓은 질문을 되묻듯 말했다.

"음, 작지만 예쁜 아파트면 좋겠어. 보통의 신혼부부들처럼 평범하고 소박하게 시작하는 거야. 큰 집보단 작은 집이면 좋겠어. 부르면 집 어디에서든 들을 수 있게. 침대도 작은 걸로 하자. 이렇게 서로의 숨을 느낄 수 있게. 일요일 아침이면 늦게까지 잠을 자다가 브런치를 먹는 거야……."

그녀는 작은 새처럼 속삭이듯 말했다.

어릴 적 이렇게 예쁜 새를 본 적이 있다. 고아원 시절, 친구들과 어울리지 못하고 혼자 울고 있을 때, 어디선가 나타났던 그보다 덩치가 좀 더 큰 형이 던진 공을 찾아 뛰어들어간 큰 나무 사이에서 발견한 작은 새.

현재의 눈과 같은 높이에 앉아 현재를 바라보던 그 새와 마주했을 때 그의 숨은 멎는 듯했다. 새를 의식하며 일부러 숨을 멈춘 것이 아니라, 새가 가진 어떤 힘 때문에 정지되는 것처럼 강렬한 무엇에 사로잡혔다. 새는 달아날 생각이 전혀 없다는 듯 현재를 똑바로 쳐다보았다.

까만 눈동자로 현재의 두 눈을 들여다보던 그 새는 마치 현재에게 자신의 생각을 말하고 싶은 것 같기도 하고 자신이 사는 세계를 보여주겠다는 신호를 보내는 것 같기도 했다. 작은 새는 그 몸짓의 배에 달하는, 아니 그 이상의 이상을 넘어 끊임없이 확장되는 우주처럼 현재를 빨아들였다. 새는 마치 그에게 자신을 따라오라고 말하는 것 같았다.

공원에서 만난 형이 현재를 부르는 목소리에 의식이 돌아오지 않았다면 현재는 그 새를 따라 다른 세상으로 이동해 갔을지도 모른다. 현재가 공을 주워 다시 새가 있던 자리로 돌아왔을 때, 새는 이미 가고 없었다. 아주 잠깐, 찰나의 순간이었지만 현재는 그때의 기억을 잊을 수가 없다.

그때의 그 새만큼이나 신비롭고 예쁜 새가 지금 현재의 품

에 안겨 있다. 그녀는 현재와의 미래를 그리며 현재의 품으로
파고든다. 그녀에게서 좋은 냄새가 난다. 현재는 그녀의 살갗
에 코를 묻었다.

⌒⊱⊰⌒

18평 크기의 아파트에서 현재는 일요일이면 늘 먼저 일어
나 팬케이크를 준비하고 딸기 키스로 은하를 깨우고 모닝 섹
스를 나누고 브런치를 먹는다. 오후에는 은하와 함께 책을 읽
거나 영화를 본다. 밖에 나가는 일은 거의 없다. 저녁이 되면
저녁 식사를 하고 디저트를 먹는다. 때론 함께 찍은 사진을
보거나 결혼 전 이야기를 나누며 그렇게 특별할 것 없는 평범
한 하루를 보낸다. 오늘은 은하가 부대로 취재를 왔던 그날의
영상을 오랜만에 다시 틀었다.

"은하야, 빨리 와! 시작한다."

녹화된 영상을 틀면서 마치 생방송이라도 보는 양 현재가
흥분해서 은하를 불러댔다.

"이날 네가 얼마나 예뻤는지 알아?"

화면에서는 이미 그날의 앵커가 멘트 중이다.

"하늘을 자유롭게 누비는 조종사, 어렸을 때 누구나 한 번

씩은 꿈꿔보았을 텐데요, 수은하 기자가 직접 전투기에 올라 체험을 해보았습니다."

화면이 바뀌며 은하가 화면에 나오고 그녀의 멘트가 이어진다.

"네, 국내 최대 규모의 에어 쇼인 'ㅇㅇㅇㅇ 항공전'이 이곳 동해안에 위치한 ㅇㅇ공군기지에서 막을 올릴 예정입니다. 한없이 드높은 하늘을 누비는 기분, 어떤 느낌일까요? 제가 직접 탑승해보도록 하겠습니다."

은하가 조종사 현재의 도움을 받아 기체에 오르는 장면이 화면에 이어진다. 현재는 그때의 기분이 생각나 입가에 미소를 지어 보였다. 9월 21일. 프러포즈를 계획했던 그날. 하늘에 올라 그녀에게 반지를 선물할 생각에 들떠 있던 그때. 생애 첫 비행 때보다 더 떨리고 흥분됐던 그때는 현재와 은하가 지금 함께하도록 만들어준 날이기도 하다.

이륙 준비를 마친 현재와 은하가 활주로를 달린다. 빠른 속도로 곧게 달려 하늘을 향해 날아오른다. 그 안에는 은하와 현재, 둘만 타고 있다. 이제 곧 현재는 은하에게 프러포즈를 할 것이다. 그런데.

TV를 시청하던 현재의 머리가 갑자기 지끈지끈 아파오기 시작했다. 동시에 TV의 화면 역시 지지직거리며 흔들렸다.

현재는 머리를 움켜쥐었다. 머리가 터질 것처럼 아프고 가슴이 답답했다.

　머릿속이 흐려지고 언젠가 꿈에서 보았던 물고기가 다시 나타나 머릿속을 휘젓고 다닌다. 얼마가 지나자 물고기는 혼탁해진 물 탓에 숨을 제대로 쉬지 못한다. 현재의 눈앞이 혼탁해진 머릿속만큼이나 컴컴해지기 시작했다. 곧이어 현재가 앉아 있는 아파트의 거실이 크게 흔들렸다. 마치 지진이라도 난 것처럼 벽까지 흔들렸다. 모든 것이 무너질 것만 같았다.

　현재는 머리를 움켜쥐었던 손을 풀어 벽을 붙잡았다. 흔들리지 않게, 넘어지지 않게, 무너지지 않게, 안간힘을 써 벽을 막았다. 그럴수록 아파트는 더욱 빠르게 무너져갔다. 산산이 조각나버렸다. 조각난 파편들은 허공으로 떠올랐다. 떠오른 파편들은 제각기 특정 장면들을 비추고 있었다. 은하와의 키스, 모닝 섹스, 브런치 등 아파트에서 있었던 여러 장면들이 하나하나 담겨 있다. 저마다 행복했던 기억들이다.

　허공을 떠다니던 파편들은 이내 한곳에 모여 소용돌이치기 시작했다. 그러고는 마치 블랙홀처럼 둥근 공간을 만들어냈다. 둥근 공간을 형성한 블랙홀은 이제 아파트의 물건들을 빨아들이기 시작했다. TV, 소파, 액자, 커피잔, 사진첩, 노트북, 침대, 화장대, 프라이팬, 주전자, 거품기까지 모두 진공청소기처럼 빨아들였다. 물건들은 둥근 공간으로 빠르게 빨려 들어가며 소용돌이치기 시작했다.

모든 일이 순식간에 일어났다. 현재는 은하를 찾았다. 하지만 은하는 어디에도 보이지 않았다. 그녀의 이름을 크게 불러보았다. 하지만 입 모양만 만들어질 뿐 그의 입에서는 어떤 소리도 나오지 않았다. 현재는 젖 먹던 힘을 다해 소리를 질렀다. 그의 몸은 진동을 느꼈다. 분명 소리를 만들어냈다. 하지만 밖으로 나온 소리는 애석하게도 어떤 작용도 일으키지 못하고, 그대로 둥근 공간으로 빨려 들어갔다. 이 공간에서 소리는 존재할 수 없었다. 아니, 존재할 수 있었다 하더라도 그를 증명할 수 없었다. 마치 은하가 그 어디에도 존재하지 않는 것처럼.

그 안에서 시간은 멈춘 듯했다. 현재는 혼자가 되었다. 만약 시간이 그 안에 존재했다면, 얼마인지 모를 한참의 시간이 지났다. 그러나 그것은 '순식간'이라는 단어로 표현되어야만 한다. 그동안 사라졌던 파편들이 다시 모습을 드러내기 시작했다. 그런데 이번엔 아까와는 반대로 소용돌이 속에서 튕겨져 나오고 있었다. 제자리를 찾아가려는 듯 튕겨 나온 파편들은 그러나 더 이상 하얗고 따뜻한 18평 남짓 아파트의 것이 아니었다. 그것은 어둡고 차가운, 다만 은하가 죽고 없는 현재의 자취방으로 변해 있었다.

◈◈◈◈◈

현재는 한동안 그대로 앉아 있었다. 굳어버린 돌덩어리처럼 미동도 하지 않은 채.

현재는 벽에 기대어 바닥에 앉아 허공을 주시했다. 은하와 함께 사랑을 나누었던 침대가 차가운 시선으로 현재를 마주하고 있었다. 잠시 후 현재는 수면제를 입안에 털어 넣었다. 현재의 앞에 놓여 있는 TV가 지지직 소리를 냈다.

가장 찬란한 순간

　그녀가 가장 찬란한 순간 가장 아름다운 죽음을 꿈꾼 건 지독히 우울했던 어느 날이었다. 한순간 만났다 헤어지는 인연이 무의미했고, 아무리 몸부림쳐도 혼자일 수밖에 없어서, 그렇게 죽도록 세상이 싫었던 시절이었다.

　그녀는 렌터카를 빌려 홀로 도로를 달렸다. 딱히 목적지를 정한 것은 아니었다. 그저 무작정 인적이 드문 곳을 향해 달렸을 뿐. 한참을 달리다 산 중턱의 어느 휴게소에 들렀다. 그녀는 따뜻한 커피 한 잔을 사서 들고는 밖으로 나가, 바람이 부는 난간에 기대어 섰다. 산 아래 풍경이 눈에 들어왔다. 가을의 단풍나무들이 만들어낸 오묘한 색으로 빚어진 아름다운 풍경이었다. 순간 그 색이 너무도 신비로워 그녀는 얼어붙은 조각처럼 움직일 수가 없었다.

나뭇잎들은 저마다 형형색색으로 빛나고 있었다. 조만간 자신의 몸이 마르고 찢겨 땅으로 돌아갈 것을 알기나 하는 것일까? 나무들은 마치 시간이 멈춘 것처럼, 아니 시간이 영원할 것처럼, 아니 시간이란 것 자체가 아예 존재하지 않는 것처럼 저마다 찬란한 색으로 자신의 모습을 빛내고 있었다.

그렇게 오묘한 색과 신비로운 자연의 세계를 전혀 예상치 못한 곳에서 맞닥뜨렸을 때, 그녀는 태어나서 처음으로 이렇게 아름다운 순간에 죽음을 맞이할 수 있다면 좋겠다는 생각을 했다. 그것은 그녀의 인생에서 가장 평화로운 순간이었다고 말할 수 있을 정도로 신비로운 경험이었다. 그 짧은 시간 동안 그녀는 세상의 번뇌에서 벗어난 것만 같았다. 처음으로 태어나길 잘했다는 생각이 들었다. 이렇게 아름다운 풍경을 볼 수 있는 것만으로 보상을 받은 듯했다.

그리고 지금, 하늘을 날며 자신을 사랑해주는 그와 함께하는 이 시간이 그녀에게는 또 다른 찬란한 순간으로 다가왔다. 그래서 기체가 무섭게 흔들리는 상황에서도, 그녀는 그렇게 담담했는지 모른다.

모든 것은 순식간에 일어났다.

처음 은하를 만났을 때 순식간에 세상이 변했던 것처럼 운명의 순간은 이렇듯 늘 급작스레 다가온다. 그리고 한번 바뀌면 돌이킬 수 없다.

부드럽게 하늘로 날아올라 구름과 같은 높이에서 평화롭게 비행하던 기체가 갑자기 요란한 소리를 내기 시작했다. 너무도 순식간에 일어난 일이라 현재는 아무런 조치도 취할 수 없었다. 문제는 프로펠러 쪽에서 시작된 것 같았다. 노을 지는 붉은 하늘에 뿌연 연기를 내뿜으며 노을보다 더 뜨겁게 엔진이 타들어가고 있었다. 달리 방법이 없었다. 최대한 민가를 피해 비행기를 버리고 탈출을 시도하는 수밖에. 그들은 다행히도 바다 위에 있다. 여기서 탈출하면 다른 피해는 없다. 은하에게도 땅보다는 바다로의 착륙이 더 안전할지도 모른다. 시간 내에 구조선만 와준다면.

그렇다. 그때까지도 현재는 희망을 버리지 않았다. 모든 일이 현재의 생각대로 순조롭게 진행된다면 문제없이 땅으로 돌아갈 수 있다. 엔진은 더욱 요란한 소리를 내며 걷잡을 수 없이 연기를 뿜기 시작했다. 현재는 이 위기의 상황에서 본능처럼 튀어나온 말을 뱉었다.

"여기서 내려가면, 나와 결혼해줄래?"

노을 지는 하늘 아래, 둘만의 작은 공간에서 속삭이듯 건넬 거라 생각했던 이 한마디를 이토록 절박한 상황에 절규하듯 내뱉게 될 줄이야. 그래도 현재는 희망이라는 얄궂은 품에 기대어 있었고, 그때까지도 그 희망이라는 것이 그토록 힘이 없다는 걸 알지 못했다.

엔진이 수명을 다하기 직전, 현재는 입술을 깨물었다. 그러고는 이젝션을 작동시켰다. 모든 것은 순식간에 일어난다. 원하든 원하지 않든 잔인하리만큼 냉정하게. 은하와 현재가 앉아 있던 좌석이 하늘로 솟구쳐 오르면서 기체에서 떨어져나갔다.

그들을 덮고 있던 캐노피가 산산이 부서졌다. 바람을 막아주고 공기로부터 보호해주던 캐노피는 이제 탈출에 방해가 되는 존재일 뿐이었다. 산산조각 난 파편은 현재의 부서진 희망처럼 발아래 하늘로 튕겨나갔다.

현재의 낙하산이 빠르게 펼쳐지며 현재를 하늘로 또 한 번

끌어올렸다. 그 높은 하늘에서 현재는 하늘로 날아올랐을 또 하나의 낙하산을 찾았다. 그녀의 가벼운 몸을 이끌고 안전하게 그녀를 잡아주었을 그것. 하지만 주변을 아무리 둘러봐도 그 모습은 보이지 않았다.

기체는 뜨거운 열기를 뿜어내며 하늘을 붉게 물들인 채 빠르게 추락하고 있었고 붉은 연기로 뒤덮인 하늘은 마치 노을처럼 아름답게 빛나고 있었다. 그 아래 펼쳐진 바다는 붉은 하늘과 배색을 이루며 이 상황을 모르는 척 눈부시게 반짝이고 있었다.

순간 현재는 그가 가장 보고 싶지 않은 모습을 보았다. 펴지지 않은 낙하산을 등에 메고 푸른 바다 한가운데를 향해 멀어지는 그녀의 모습. 잠시 후면 영영 사라지고 말 그녀의 마지막 모습. 바다를 향해 맨몸으로 떨어지는 그녀가 두 팔을 벌리고 바람을 맞고 있었다. 그 모습이 마치 자유로운 새처럼 보였던 것은 현재의 착각이었을까?

떨어지는 그녀를 보면서 그녀와의 기억을, 그녀와 꿈꿔왔던 미래를 떠올렸다. 결혼을 하고, 작은 아파트를 꾸미고, 한 침대에서 잠들고, 아침을 함께 맞이하고 가끔은 티격태격 싸우고, 그리고 아이를 낳아 함께 늙어가는 평범한 꿈.

그녀를 따라가야 한다. 그녀에게 가야만 해.

하지만 등에 멘 낙하산이 그를 잡아끌었다. 마치 족쇄처럼 그를 하늘에 묶어두었다. 자신의 목숨을 붙잡고 있는 그 빌어먹을 낙하산이 그렇게 미울 수가 없었다.

현재는 손을 뻗어 허공을 휘저었다. 차가운 공기만이 손에 잡힐 뿐이었다.

현실

        은하의 유골이 담긴 깨끗하고 하얀 도자기가 안쪽에 놓인 유리문 앞에 제복을 잘 차려입은 현재가 서 있다. 그녀의 아름다움을 다 담기엔 네모나고 작은 그 공간이 턱없이 부족하다는 생각이 들었다.

   도자기 앞에 진열된 사진 속 은하는 아직도 현재를 보며 환하게 웃고 있다. 일주일 전만 해도 그의 품에 안겨 까르르 웃던 여자다. 한 달 전만 해도 그의 눈을 바라보며 딸기 키스를 해달라고 조르던 여자다. 일 년 전엔 저 웃음으로 현재의 마음을 사로잡았던 여자다. 그리고 바로 어제는 꿈속에서 현재와 사랑을 나누었던 여자다.

그런데 그 여자가 죽었다. 죽음과 삶. 그 두 단어는 세상에서 가장 밀접하면서도 가장 먼 단어가 아니던가. 현재의 눈에 눈물이 차올랐다.

현재는 타오르던 엔진을 떠올렸다. 갑자기 왜 엔진에 이상이 생겼을까? 비행 전 승환이 분명히 엔진 점검을 마쳤다고 하지 않았나. 순간 비행 전날 격납고를 나오다 목격한 한 그림자가 떠올랐다.

그날 밤 현재는 설레는 마음을 안고 격납고에서 나오고 있었다. 그러다 우연히 한 사람의 실루엣을 보았다. 그의 손에는 손전등과 네모난 물건이 양손에 하나씩 들려 있었다. 달빛을 받아 축 늘어진 그는 무언가에 홀린 듯 격납고 쪽으로 걸어가고 있었다. 은하가 죽고 난 뒤부터 현재의 머릿속에는 그날 밤의 그 장면이 떠나질 않았다.

그때였다. 멀리 그를 훔쳐보는 듯한 느낌이 들어 고개를 돌리니 그림자 하나가 스쳐 지나가고 있었다. 그놈이구나! 재빨리 허리춤에서 총을 꺼내 겨눴다. 하지만 이미 그 자리엔 아무도 없다. 격납고를 향하던 그림자. 분명 그놈일 것이다. 현재는 그림자가 도망간 방향으로 그를 쫓았다. 하지만 다가갈

수록 그림자는 더욱 재빠르게 멀어져갔고 또 다가왔다. 그림자는 현재를 사방에서 조여왔다. 왼쪽에서, 오른쪽에서 그를 둘러싼 그림자는 마치 그를 조롱하듯 주변을 맴돌았다. 현재는 점점 이성을 잃었다.

"당장 나와. 죽여버릴 거야."

찢어지듯 울부짖는 현재의 목소리가 납골당에 울려 퍼졌다.

미친놈처럼 납골당을 헤맸다. 그림자를 반드시 찾아내야 한다. 그림자는 납골당 내에서 현재 주변을 맴도는 듯하더니 이내 밖으로 향했다. 재빨리 그 뒤를 쫓았다. 그림자는 밖으로 나가자 더욱 크게 변했다. 거대한 몸짓을 한 그림자는 현재마저 태양으로부터 가려버렸다. 이제 현재는 그림자를 쫓는 것이 아니라 그림자 안에 갇혀버린 것이다.

그림자가 현재를 지배했다. 어둠 속에 놓인 현재는 빛을 찾아 그림자 밖으로 나가려 했지만 그럴수록 그림자는 점점 커져 현재를 가둬버렸다. 현재는 납골당 공원의 중앙에 있는 연못을 향해 뛰었다. 물속으로 그림자를 유인하면 그림자를 흔들어놓을 수 있을 거라는 생각이 들었기 때문이다.

손에서 총을 놓지 않은 채 연못으로 향한 현재는 그곳에 다다르자 연못을 향해 총구를 겨눴다. 계획대로 그림자는 연못

안으로 들어왔다. 바람에 물결이 흔들리고 있었다. 흔들리는 바람을 따라 그림자도 흔들렸다. 그가 중심을 잃었다. 현재는 중심을 잃고 흔들리는 그림자를 총으로 쏘았다.

'탕' 하는 소음과 함께 물이 사방으로 튀었다. 물의 파편들이 그림자에게로 쏟아졌다. 그림자는 흩어지기 시작했다. 형태가 파괴되며 일그러졌다. 현재는 그 모습을 한참 동안 그대로 서서 바라보았다.

시간이 지나자 바람은 잔잔해지고 흩어졌던 물결은 다시 모여들었다. 현재는 그림자의 주검 앞에서 이렇게 되뇌었다.

'이건 어쩌면…… 꿈일지 몰라. 아니, 제발 꿈이기를…….'

그곳에서 현재는 은하의 펴지지 않은 낙하산을 떠올렸다. 낙하산만 펴졌어도. 그 빌어먹을 천 쪼가리 하나만 펴졌어도.

격납고에서 검은 실루엣을 보았던 그날 밤, 현재는 은하와 함께 하늘을 누빌 비행기에 미리 올랐었다. 자신의 자리가 아닌 바로 은하가 앉을 뒷좌석에. 그 자리에 앉아 자신에게 프러포즈를 받은 은하의 표정이 어떻게 변할지 상상했다. 은하 특유의 수줍은 미소를 지을까? 아니면 활짝 핀 백합처럼 환히 웃어 보일까? 하늘 위에서 그녀에게 인생을 함께하자는 말을 전할 생각을 하니 가슴이 벅차 올랐다.

그동안 하늘은 그에게 일터이자 전쟁터였다. 자유로움보다는 긴장과 규칙의 연속이었고, 빳빳하게 다려진 제복만큼이나 질서 있고 반듯해야 하는 공간이었다. 그러나 이번 비행에서 그는 그녀와 함께 하늘을 날 것이다. 내일만큼은 하늘은 그에게 모든 것이 허용되는 꿈과 같은 공간이 될 것이다.

　그는 주머니에서 반지를 꺼냈다. 반지는 가죽으로 된 목걸이 끈에 연결해두었다. 결혼 전까지는 목걸이로 하고 다니라고 할 참이다. 반지를 끼워주는 순간은 결혼식 날이면 좋겠다고 생각했다. 이곳 어딘가에 숨겨둔 반지는 비행 중 그녀에게 전할 작정이다. 낙하산 연결 부분에 자리가 보인다. 여기에 묶어도 괜찮을까? 현재는 잠시 망설였다. 그리고 그 빌어먹을 연결고리에 목걸이를 묶어버렸던 것이다.

❧

　"이거 아무래도 현재가 봐야 할 것 같아서. 네가 친하니까 좀 전해줄래?"

　승환은 철호에게서 책을 한 권 건네받았다. 그날 밤 승환이 은하의 부탁으로 비행기 안에 숨겨두었던 것과 같은 책이다.

　"이거…… 어떻게?"

"잔해물 수거하는 데서 나왔어. 사고 경위 조사 중이라 실은 바로 보관소로 가야 하는데 그러면 현재가 못 볼까 봐……."

그 책이다. 그날 밤 승환이 은하의 부탁으로 비행기 좌석에 숨겨두었던. 수없이 갈등하다 들어주었던 부탁. 사실 승환은 그 부탁을 들어줄 마음이 없었다. 하지만 그에겐 부탁을 거절할 만한 마땅한 명분도 없었을 뿐 아니라 부탁을 거절한들 달라질 것도 없었다.

그녀에게 자신의 마음을 들키는 것이 훨씬 더 불안할 따름이었다. 만약 자신의 마음을 그녀가 알아챈다면 아마도 현재를 다시 볼 수 없을 테니까. 자신의 갈등과 질투로 어떤 상황도 바꿀 수 없다는 것을 잘 아는 승환은 그녀의 부탁을 들어주기로 했다. 하지만 막상 격납고에 세워져 있는 비행기의 뒷좌석, 그러니까 그녀가 앉을 그 자리에 올라섰을 때 그의 마음엔 만감이 교차했다.

그녀가 현재와 만나지 않았더라면 어땠을까? 이 자리가 나의 자리가 될 수는 없었을까? 순간 그런 자신의 모습이 한심하고 답답하게 느껴졌다. 그래서 얼른 책을 두고 그 자리를 떠나야겠다는 생각을 했다. 그는 손전등으로 좌석 주변을 비췄다. 낙하산 연결 부분에 반짝이는 무엇인가가 보였다. 현재가 미리 두고 간 것이 분명했다. 반지가 손전등의 빛을 받으며 반짝거렸다.

무언가가 가슴 아래쪽에서부터 울컥 올라왔다. 가슴을 치고 올라온 그것은 목젖을 지나 코끝까지 타고 올랐다. 그럴수록 반지는 더욱 빛나는 것만 같았다. 승환은 그 빛을 더 이상 볼 수가 없었다. 그는 손전등의 스위치를 껐다. 그러고는 한참 동안 어둠 속에 머물렀다. 반지가 영원히 빛나지 않기를 바라면서.

"앞으로…… 비행 못 나가겠지, 현재?"

책을 들고 나가려는데 철호가 말했다. 승환은 그 말에 크게 화를 냈다.

"못 나가긴 왜 못 나가? 이겨낼 수 있어."

승환은 본인이 의도했던 것보다 훨씬 큰 목소리로 화를 내는 자신에게 놀랐다. 그러고는 책을 낚아채 그 길로 현재에게 향했다.

현재의 자취방 앞에 서서 승환은 한참을 망설이다 초인종을 눌렀다. 아무런 인기척이 없다. 자나? 승환은 한 번 더 벨을 눌렀다. 여전히 대답이 없다. 잠시 기다렸다 다시 한번 더 벨을 누른 승환은 역시 대답이 없자 불안한 마음이 들어 비밀번호를 눌렀다.

언제든 들어오라며 알려주었던 비밀번호다. 하지만 한 번도 이 번호를 누르고 들어간 적은 없었다. 아마도 헛된 꿈을 품기 싫어서였을 것이다. 처음으로 그가 알려준 비밀번호를 누르려니 기분이 이상해졌다. 은하가 죽고 없는 이런 때에 이런 비밀번호 하나로 흥분되는 자신이 너무도 한심했다.

띡띡띡띡. 번호를 누르자 잠금장치가 풀렸다. 기분이 묘했다. 이런 상황만 아니었다면 이 느낌을 정말로 오랫동안 간직하고 싶었을지 모른다. 하지만 승환은 얼른 마음을 가다듬었다.

끼익. 문을 열고 들어가자 술 냄새가 코를 찔렀다. 방 안 가득 소주병들이 뒹굴고, 현재는 바닥에 앉아 문을 열고 들어오는 자신을 바라보고 있었다.

"어우, 술 냄새. 깨어 있으면서 왜 대답을 안 해?"

승환은 바닥에 깔려 있는 소주병들을 밀치며 최대한 태연한 척, 안으로 들어갔다. 승환의 눈에 소주병들 사이에 가려 잘 보이지 않는 약봉지들이 들어왔다. 도대체 몇 봉지를 복용한 것일까? 자신을 바라보는 현재의 눈빛엔 초점이 없다. 아직도 약에 취해 있는 것 같았다. 현재는 대답조차 하지 않은 채 잠시 허공을 응시하는 듯하더니 이내 화장실로 사라졌다.

물을 트는 소리가 들린다.

한참이 지나도 현재는 나오지 않았다. 승환은 방을 둘러보았다. 은하가 떠나고 지금까지 한 번도 집을 치운 적이 없는 듯했다. 모든 물건이 난잡하게 흐트러져 있었고 몇 개의 책상 서랍은 열려 있었다. 마치 지금 현재의 어지러운 심경을 대변하는 듯.

승환은 열린 서랍 안에서 사진 한 장을 보았다. 현재의 어릴 적 모습인가 보다. 그의 옆에는 아버지처럼 보이는 남자가 서 있었다. 이 어린아이는 훗날 자신이 이렇게 슬픈 일을 겪으리라는 걸 알았을까? 승환은 시선을 돌렸다. 액자에 담긴 은하의 사진이 눈에 들어왔다. 사진 속 은하의 손에는 책이 하나 들려 있었다. 그 책이다, 자신의 손에 들려 있는.

화장실에서는 아직도 물소리가 들려왔다. 물소리를 들으며 그는 불에 그을려 더 이상 같지만 같다고 할 수 없는 그 책을 들여다보았다. 평소 은하가 가장 아끼는 것이라며 현재에게 꼭 선물로 주고 싶다던. 군데군데 밑줄이 쳐 있었고 몇몇 페이지는 접혀 있었다. 그리고 마지막 장. 읽어 내려가던 승환의 표정이 굳어지기 시작했다.

승환은 오싹함을 느꼈다. 불안감이 엄습해왔다.

'현재가 이 책을 봐서는 안 돼.'

승환은 그대로 책을 들고 밖으로 도망치듯 나와 그 길로 잔해물 보관소로 향했다.

⊛

납골당에서 그림자와 추격전을 벌이고 자신의 망상을 알아차린 그날 밤, 현재는 지칠 대로 지쳐 집으로 돌아왔다. 그녀를 죽였다고 믿었던 그림자가 다름 아닌 바로 자신의 환영이었다는 사실이 그를 미치게 만들었다.

그는 한시라도 빨리 수면제를 먹고 다시 꿈속으로 들어가고 싶었다.

그는 늘 같은 꿈을 꾼다. 18평 남짓 작은 아파트에서 은하와 일요일 아침에 일어나 팬케이크를 만들고 모닝 섹스를 나누는 꿈. 그곳에서 은하는 살아 숨 쉬고 그의 품에 안겨 그를 보고 웃는다.

이 모든 것이 비록 현실은 아닐지라도, 비록 환영일지라도 그 순간만큼은 실재한다. 그 안에서 그는 비로소 행복해진다. 비로소 살 수 있는 것이다. 현재는 한시라도 빨리 집에 들어가서 수면제를 먹고 잠들고 싶었다. 그렇게 집으로 들어서려는데 현관 앞에 있는 택배 상자를 발견했다.

보낸 이에는 한상민이라는 이름이 씌어 있다. 상민? 누구
더라? 헌데 이름이 낯설지 않다. 현재는 방에 들어가 택배 상
자를 열었다. 상자 안에는 에어캡으로 포장된 USB 한 개가
들어 있었다. 내용물에 비해 상자가 과하게 크다는 생각이 들
었다. 현재는 PC에 USB를 꽂아 파일을 열었다. 영상 파일 하
나가 담겨 있다. 더블 클릭을 한다. 잠시 후 화면에 나타난 사
람은 다름 아닌 은하.

"여기요? 이 자리?"
"잠깐만, 그대로 있어봐."
녹화 버튼이 눌린 채 상민이 앵글을 잡고 있고 은하는 자신
의 멘트를 연습하고 있다.
"국내 최대 규모의 에어 쇼인 '○○○○항공전'이 이곳……"
상민은 줌 인과 아웃을 시도해보는 중이다.
카메라는 줌 아웃된 상태. 멘트를 연습하던 은하가 고개를
돌려 반갑게 미소를 띠자 카메라 안으로 현재가 걸어 들어왔
다. 상민은 현재를 보자 녹화 버튼을 그대로 눌러둔 채 뛰어
가 인사를 건넨다. 현재는 그제야 택배를 보낸 한상민이란 사
람이 카메라 기자라는 것을 알아챘다.
카메라는 현재와 상민을 멀리서 잡은 채 서 있다. 이윽고

은하가 카메라 앞쪽으로 다가왔다. 은하의 옆모습이 카메라에 잡혔다. 은하의 목소리가 들렸다.

"잘 숨겨두셨죠?"

"네. 뒷좌석에 두었습니다."

승환의 퉁명스러운 목소리가 이어졌다.

"근데 하늘에서 책이 왜 필요한 겁니까? 현재 녀석 책 안 좋아합니다."

승환이 현재에 대해 더 잘 안다는 듯 대답했다.

"제가 현재 씨 만날 때마다 들고 다니던 책이에요. 가장 아끼는 책인데 최고로 찬란한 순간에 현재 씨한테 주려고 했거든요. 아마도 그 순간이 오늘일 것 같아서요."

은하가 말했다. 승환은 거기에 대해 아무 대답도 하지 않는 것 같다. 이어서 은하의 목소리.

"아무튼 정말 고마웠어요! 앞으로도 꼭 현재 씨 곁에 있어 주세요."

이윽고 상민의 목소리에 뛰어오는 은하. 비행기 프로펠러 옆을 지나오는데 조금 전까지 손에 들려 있던 마이크가 보이지 않는다.

"마이크 어쨌어?"

은하를 향한 상민의 목소리에서 영상이 멈췄다.

현재는 자리에서 튀어나와 보관소를 향해 뛰기 시작했다.

"책, 책 어딨어?"

잔해물 보관소에서 현재는 큰소리로 외쳤다.

"책? 그, 그런 거 없어."

보관소를 지키고 있던 철호가 대답했다.

"웃기지 마, 분명 나왔을 거 아냐? 빨리 내놓으라고."

현재가 미친 듯이 울부짖는다.

"어, 없다니까 그런 거."

더듬거리는 철호의 낌새가 이상하다는 것을 눈치챈 현재가 급기야 철호의 멱살을 잡아챘다.

"어딨냐고? 바른대로 말 안 해?"

짐승처럼 몰아붙이는 현재의 광기에 철호가 참지 못하고 털어놓는다.

"에이 씨, 승환이가 주지 말랬는데."

"승환이가? 왜?"

"네가…… 무슨 일 저지를지도 모른다면서……."

현재는 잡았던 멱살을 놓고 보관소 안을 뒤지기 시작했다. 잠시 후 그는 불에 검게 그을린 책을 발견했다. 조금 전까지 미친 듯이 날뛰던 현재는 순간 미동도 없이 그 자리에 멈춰버렸다.

　마치 세상에서 가장 깨지기 쉬운 유리병을 손에 넣은 것처럼 그는 조심스럽게 책을 들어 올렸다. 겉표지에 《야간비행》이라고 씌어 있다. 생텍쥐페리가 쓴 책.

　언젠가 이 책에 대해 은하와 얘기를 나눈 적이 있다. 그녀는 조종사 파비앵이 반짝이는 별을 쫓아 하늘로 올라간 장면을 가장 좋아한다고 했었다. 길을 잃고 폭풍우가 몰아치는 어둠 속에 파묻혀 있던 그가 죽을 걸 뻔히 알면서 하늘로 올라간 그 장면. 현재는 그때 파비앵이 구릉에 부딪히더라도, 바다에 빠지더라도 착륙을 시도했어야 한다고 생각했다. 단 1퍼센트의 가능성이라도 있으면 그것이 비행하는 자의 자세라고. 하지만 한치 앞도 알 수 없는 그 공포의 순간에, 아무것도 보이지 않는 그 어둠의 순간에, 파비앵은 폭풍우가 갈라진 틈새로 보이는 빛에 이끌려 하늘로 올라가고 말았다.

　그래. 비행을 하다 보면 이런 순간들이 온다. 계기판이 말해주는 것과 내 감각이 말해주는 것. 이성과 감성 사이에서, 아니 과학과 직감 사이에서 갈등하는 순간. 과학과 이성은 내게 하나의 선택만이 살 길이라고 말하지만 감성과 직감은 내게 또 다른 선택을 강요한다. 그것은 분명 나를 이 고통에서 해방시켜줄 것이라는 강한 믿음과 함께.

독이 든 물인 줄 알면서도 타들어가는 갈증을 해결하기 위해 마시는 한 모금의 물이 쾌감을 안겨줄 것이라는 믿음과 거부할 수 없는 욕망. 죽음의 유혹.

책의 날개에는 이런 문구가 씌어 있었다.

"살아가기 위해서는, 사랑해야만 한다." – 생텍쥐페리

그 글귀를 보자 현재의 눈에서 갑자기 뜨거운 눈물이 흐르기 시작했다. 삶이란 그저 사는 것이 아니다. 사랑하고 사랑하고 사랑하는 것이 삶이 아니던가. 현재는 그렇게 다시 살고 싶어졌다. 다시 숨 쉬고 싶어졌고 그렇게 다시 사랑하고 싶어졌다.

눈물을 닦으며 책을 덮으려는데 책의 마지막 페이지 안쪽에 적힌 손글씨가 눈에 들어왔다. 은하가 그에게 남긴 편지였다.

현재 씨, 아니 현재 오빠. 내가 오빠라고 부르는 거 처음이죠? 한 번쯤 그렇게 불러보고 싶었어요.

이 글을 당신이 본다는 건 내가 이미 세상에 없기 때문

이겠지. 그렇지 않았다면 이 편지는 당신에게 닿지 않았을 테니까. 사람은 누구나 죽음을 경험해. 단지 죽음에 대해 늘 생각하지 않는 것뿐이지. 하지만 죽음이 눈에 보이지 않는다고 해서 없는 게 아니듯, 내가 보이지 않는다고 해서 없는 게 아니란 걸, 한낮에도 하늘에 떠 있는 별처럼 늘 그곳에 있다는 걸 기억해줘.

사랑은 나의 안내로 그대가 그대에게로 돌아가는 거래. 나로 인해 당신이 자유롭게 하늘을 날았으면 좋겠어. 당신이 당신에게 돌아가는 길이 행복이었으면.

당신이 하늘을 날 때, 당신이 꿈을 꿀 때, 당신이 아침에 눈을 뜰 때, 어제도, 오늘도, 그리고 내일도, 나는 늘 당신의 현재에 있다는 걸 기억해줘요.

난 언제나 당신의 꿈을 꿀 거예요. 당신이 내 꿈 안으로 들어올 때까지.

현재를 사랑하고 현재를 살았던 은하가

괴로움도 즐거움도 어쩌면 이 모든 삶은 하나의 환상일지 모른다. 우리가 꾸는 모든 꿈이 환상인 것처럼.

편지를 다 읽은 현재는 모든 고통에서 벗어난 듯 입가에 미

소를 지어 보였다. 그 표정은 마치 별을 쫓아 구름 위로 올라
간 파비앵의 그것과도 같아 보였다.

❦

"뭐? 현재가 책을 가져갔다고? 야, 그거 보여주지 말랬잖
아!"

현재가 책을 가져갔다는 얘기를 들은 승환이 흥분해서 소
리쳤다.

"아, 막무가내로 날뛰는데 어쩌란 말야?"

승환에게는 철호의 변명 따위를 들을 여유가 없다. 승환의
온몸에 두려움이 번졌다.

'현재를 막아야 해.'

벌써 해가 기울고 있다. 승환은 현재가 어디 있는지 아는
것처럼 미친 듯이 달려나갔다. 사랑하는 사람은 직감적으로
안다.

사랑

　　현재와 함께 들어간 사우나에서 그토록 땀이 많이 났던 것은 그 안의 온도가 40도를 넘었기 때문만은 아니었다. 그 장소가 사우나라는 것이 승환에게는 다행이었는지도 모른다. 그렇지 않았다면 그의 발개진 볼과 심하게 뛰는 심장과 줄줄 흐르는 땀이 온전히 그의 감정 변화 탓이라는 것을 감추지 못했을 테니까.

　아마도 평생 고백할 수 없을지 모른다. 아니, 십중팔구 그러할 것이다. 군인이라는 직업을 가진 자신이 성적 정체성을 밝힌다는 건 추방을 자초하는 일이었다. 사실 그것은 그가 군인이 된 이유이기도 했다.

차마 밝힐 용기가 나지 않아, 소수자로 살아갈 자신이 없어서, 사람들의 시선이 두려워 차라리 자신을 속이기로 했다. 군인이 되어 온전한 남자인 척 살기로 했다. 그렇게 곧은 활주로를 보며 자신에게 최면을 걸며 살아왔다. 하지만 현재를 만나고 단짝 친구가 되면서 승환의 마음에 희망이 생기기 시작했다.

그와의 미래 따위를 꿈꾼 것은 아니었다. 단지 그의 곁에서 그가 자신의 마음을 몰라줘도, 고백 한 번 하지 못할지라도 그렇게 머무는 것만으로 어쩌면 행복해질 수 있을지 모른다고 생각했을 뿐이다.

그런데 그가 자신에게 할 말이 있다고 했다. 사우나에 먼저 들어가 있으라면서.

그 뜨거운 공간에 앉아 그를 기다리는 동안 승환의 몸은 달아오르기 시작했다. 뜨거운 열기만큼이나 기대감도 고조됐다. 얼마 있자 그가 문을 열고 들어왔다. 그는 승환의 옆에 바짝 붙어 앉아 한참을 아무 말도 하지 않고 그대로 앉아 있었다.

시간이 조금 지나자 그의 몸에서 촉촉한 땀이 흐르기 시작했다. 땀은 그의 몸을 타고 흘러내렸다. 그럴수록 그의 숨이 가빠졌다. 그는 연신 수건으로 땀을 닦아냈다. 땀을 닦을 때마다 그의 팔이 승환의 맨살에 조금씩 닿았다. 승환은 달아오르는 자신의 몸을 주체할 수가 없었다. 수건으로 간신히 부풀어 오르는 성기를 누르고 있는데 현재가 자신을 향해 몸을 기대어왔다. 승환의 심장이 터질 듯 뛰기 시작했다. 그가 승환의 귓가에 입술을 가져왔다.

"나 사실, 얼마 전에 천사를 만났어……. 이름이 은하래. 수은하. 이름도 너무 예쁘지 않냐? 영어식으로 하면 은하 수. 이 형아, 아무래도 사랑에 빠진 것 같다."

한참 달아오른 사우나 안에서 그는 너무도 비밀스럽게, 마치 사랑하는 사람에게 고백하듯 그렇게 승환의 귀에 대고 속삭인 것이다.

순간 얼어붙은 승환은 아무 대답도 할 수 없었다. 그에게서 뭘 기대했던 것일까?

현재는 "곧 소개시켜줄게"라고 말하며 자신의 어깨로 승환의 어깨를 툭 건드리고는 자리에서 일어섰다. 그러자 그의 허리 아래를 덮고 있던 수건이 바닥에 떨어졌다. 하지만 그는 아무렇지 않게 허리를 숙여 수건을 집어 들었다. 근육질의 단단한 엉덩이가 드러났다. 현재는 귀찮은 듯 다시 가릴 생각조차 하지 않은 채 태연히 문을 향해 걸어 나갔다. 그의 엉덩이가 좌우로 흔들렸다.

그렇게 그가 나가버린 사우나 안에서 승환은 한참 동안 그대로 앉아 눈에서, 그리고 몸에서 흐르는 액체를 바닥으로 흘려보냈다. 액체가 몸에서 빠져나갈수록 수치심과 절망, 그리고 슬픔이 그 자리를 메웠다.

야간비행

　　해질 무렵, 활주로에 비행기 한 대가 서 있다. 비행기는 마치 명상이라도 하는 듯 고요하다. 안에는 제복을 갖춰 입은 현재가 타고 있다. 하늘은 그때처럼 이미 붉게 물들어 있었다.

　비행기 뒤로 급하게 뛰어오는 승환이 보인다. 그 모습이 마치 맹수의 발톱에 갈기갈기 찢긴 채 도망치는 사슴처럼 다급하고 안타깝다. 역부족인 것을 알면서도 미친 듯 달려오는 그를 뒤로한 채 비행기는 곧게 뻗은 활주로를 향해 서서히 그리고 태연히 움직였다. 그러고는 이내 한 마리의 나비처럼 가볍게 날아올랐다.

"안 돼, 돌아와!"라고 소리치며 뒤쫓아오던 승환의 목소리가 아득하게 멀어져갔다.

시간이 얼마쯤 지났을까? 검은색은 이미 모든 색을 삼켜버렸고 하늘엔 이제 어둠이 깔렸다. 무한한 바다 위, 비행기는 조용히 하늘을 날고 있다. 별빛들이 하나둘씩 모습을 드러내기 시작했다. 그들은 고요함 속에서 조용히 빛나고 있었다.

그곳은 하나의 세계였다. 처음부터 분리되지 않은 하나의 것. 그것은 무수히도 반짝였다. 삶도, 죽음도, 꿈도, 현실도 존재하지 않는, 마치 진공 상태에 있는 듯 한, 그저 '지금'만이 존재하는 세계.

반짝이는 허공 속에서, 현재는 은하와의 첫 만남을 떠올렸다.

"이름이…… 이, 현재요? 과거 현재 미래 할 때?"

은하가 웃으며 물었다.

"네, 맞습니다. 이현재. 은하 씨는 셋 중 뭐가 젤 좋으세요?"

현재가 물었다.

"글쎄요, 음…… 미래?"

"왜요?"

"미래엔 현실에서 벗어날 수 있을테니까? 그때를 상상하면 그 순간만큼은 편안해져요."

"마치 죽음을 꿈꾸는 것처럼 들리네요."

"삶과 죽음은 크게 다르지 않다니까. 어쩌면 삶을 꿈꾸는 걸지도 모르죠."

"현실이 싫다면 이 현재는 어떠세요?"

"네?"

"미래를 상상하는 순간만큼은 미래가 아닌 현재니까. 그러니까 그 상상은 현재 일어나고 있는 일이고 미래가 아닌 이 현재의 시간이라는 거죠."

은하는 잠시 생각에 잠기더니 이내 알아들었다는 듯 활짝 웃어 보이며 말했다.

"현재를 산다면 삶도 죽음도 영원할지 모르겠네요."

그러고는 하늘을 올려다보듯 턱 끝을 살짝 들어 올리더니 현재에게 속삭이듯 대답했다.

"오늘부터, 아니 지금 이 순간부터 저에겐 현재가 가장 소중할 것 같아요."

현재는 비행기의 엔진을 껐다. 그러고는 천천히 눈을 감았다. 반짝이는 별들이 그를 감쌌다. 이곳에서 우리는 몇 천 년을, 아니 몇 만 년, 몇 억 년을 살았을까. 어떠한 소리도, 어떠한 움직임도, 어떠한 관념도 존재하지 않는 세계.

현재의 눈앞에 그녀가 보이기 시작한다. 18평 남짓의 화이트 톤 아파트, 그 안에서 한 줄기 햇살을 받으며 잠들어 있는 그녀의 모습이.

현재의 입가에 미소가 번졌다.

빨주노초파람보

"매 순간 나타나는 현상들은, 다만 연속될 뿐, 순간순간 죽어 없어지는, 길이도 존속성도 없는, 환영같이 허망한 헛것일 뿐 결코 존재하는 것은 아니다."

- 쇼펜하우어

거울 속 상윤은 늘 존재해왔다. 거울 밖 상윤은 그것을 알고 있다. 상윤이 그를 처음 만난 건, 그러니까 거울 밖 상윤이 거울 속 상윤을 처음 만난 건, 거울 밖 상윤이 만 세 살이 되었을 때이다.

거울 안 상윤과 거울 밖 상윤은 똑같이 생겼기 때문에 거울 속 상윤 역시 약 3년 전쯤 세상에 왔을 것으로 추정되지만 거울 속 상윤이 태어나는 것을 본 사람은 아무도 없다.

"무지애다!"

거울 밖 상윤이 거울을 향해 손가락질하며 소리쳤다.

"무지애?"

거울 속 아이가 대답했다.

"무지애 무지애."

거울 밖 상윤은 되풀이해 말했다.

"무지애 무지애."

거울 속 아이는 거울 밖 상윤을 따라 말했다.

둘의 얼굴에 미소가 번졌다. 그들의 첫 만남은 이렇게 이루어졌다.

상윤

거울 속 상윤이 자신의 이름이 무지애가 아니라 상윤이라는 것을 안 건, 거울 밖 상윤이 웅변대회를 나가려고 거울을 보면서 연습할 때였다.

"안녕하↗세↘요→ 저→는 김상윤↗이라→고↘ 합니→다."
거울 밖 상윤은 마치 롤러코스터처럼 올라갔다 내려갔다 하는 억양으로 자신을 소개했다. 그 재밌는 말투를 따라 하다 거울 속 상윤이 놀라서 물었다.

"김상윤이라고? 네 이름, 무지개 아니었어?"

"무지개? 무지개라니?"

거울 밖 상윤이 대답했다.

"예전에 말이야. 네가 날 보면서 '무지개다'하고 외쳤었잖아."

"무지개? 빨주노초 그 무지개?"

"빨주노초? 그건 모르겠고 네가 날 보고 무지개라고 불렀어."

"아, 그거?"

그제야 생각난 듯 거울 밖 아이가 무릎을 탁 치며 말했다.

"하하하. 그건 그때 네가 무지개 색이었기 때문이야."

"무지개 색?"

"응. 무지개 색. 빨주노초파람보."

"그게 뭐야?"

"바보, 그것도 몰라? 색깔이잖아. 빨은 빨강, 주는 주황, 노는 노랑."

"그럼, 내 이름은 무지개가 아니고 김상윤이라고?"

거울 속 아이가 아직도 혼란스러운 듯 말했다.

"응! 난 상윤이야. 김상윤. 무지개가 아니고."

거울 밖 상윤이 우쭐거리며 말했다.

"아하! 그럼 나도 상윤이야, 김상윤. 무지개가 아니고. 하하하하."

거울 밖 상윤과 거울 속 상윤은 마치 아주 대단한 진리라도 발견한 것마냥 자신감에 차 웃어댔다. 거울 속 상윤의 몸에서 노란 빛이 감돌았다. 거울 밖 상윤은 그것을 보는 것이 좋았다.

ↀↁↂↃ

거울 밖 상윤은 무지개가 좋았다. 엄마는 무지개가 빨주노초파람보로 되어 있다고 말해주었다. 색깔을 미처 다 익히기 전이었던 상윤은 각각의 글자가 어떤 색을 뜻하는지 다 알지 못했지만 무지개가 좋았기에 무작정 외워댔다.

빨주노초파람보. 빨주노초파람보. 빨주노초파람보.

그것은 그에게 마치 주술과도 같았다. 그 말을 읊조리는 동안은 기분이 좋아지곤 했기 때문이다.

그러나 얼마 되지 않아 그는 빨주노초파람보가 자신이 아는 것과 달리 빨주노초파남보라는 사실을 알게 되었다. 빨주노초파람보가 입에 이미 익은 후였다.

'남'을 굳이 '람'으로 발음하는 상윤을 다른 사람들은 어색해

했다. 하지만 상윤은 바꾸고 싶지 않았다. 정말로 그러고 싶지 않았다. 두 가지 이유 때문이었는데, 첫 번째는 '남색'이라는 억양 때문이었다. 무지개색은 빨강, 주황, 노랑, 파랑처럼 이응으로 끝나는 색깔로 이루어져 있다. '앙앙'거리는 부드러운 이응 받침의 소리가 상윤의 마음에 쏙 들었다.

노랑과 파랑 사이에 섞여 있는 초록 역시도 자칫 지루해질 수 있는 이응 시리즈를 살짝 끊어주면서 특유의 '옥' 하는 예쁜 소리를 내기에 좋았다. 하지만 이 단어들의 라임(rhyme)은 '남'에서 급작스럽게 어색해진다. 두 글자가 아닌 한 글자라는 점도 어색하고 게다가 '남' 하나만 써서는 그 의미가 통하지 않기에, 반드시 뒤에 '색'이라는 단어를 붙여주어야 한다는 점도 달랐다. 상윤은 그 점이 영 마음에 들지 않았다. 다른 색깔들처럼 뒤에 '색'이라는 단어를 붙이지 않아도 바로 그 정체를 드러낼 수 있는 빨강, 파랑과 같은 색깔이 더 좋았다. 그것이 훨씬 더 정직해 보였다.

같은 맥락에서 두 번째 이유는 색깔 그 자체에 있었다. 밝은 빛 아래에서 남색은 파랑에 가깝지만 어두운 곳에서는 검정에 가깝다. 상윤의 눈에 그것은 마치 유리한 쪽에 붙는 얍체 같기도 했고, 소신 없는 기회주의자처럼 보이기도 했다. 바로 그 정직하지 않은 느낌 때문에 상윤은 무지개에 남

색이 없었다면, 하고 바라기도 했고 아주 어렸을 때는 무지
개에서 남색을 없애달라고 산타에게 빌어볼까 하고 생각한
적도 있다. 하지만 세상에는 바꿀 수 있는 것과 그럴 수 없
는 것이 있다는 것을 알게 된 이후로는 어쩔 수 없이 무지개
를 있는 그대로 받아들이기로 했다. 다만 '람'을 '남'으로 바
꿔 부르는 것만은 하지 않았다. 그 정도는 해도 될 것 같았
다. 그에게 그것은 누가 뭐래도 지켜야 할 일종의 소신 같은
것이었다.

⌒⌒⌒

"넌 우리 반에서 누가 제일 좋아?"

선생님이 떠드는 아이들을 조용히 시키려고 모두 책상에
엎드리도록 했을 때였다. 상윤의 짝꿍은 재빨리 의자에 앉아
팔을 책상에 포개고는 상윤 쪽을 바라보며 그 위에 엎드렸다.
순간 상윤은 어느 쪽으로 머리를 두어야 할지 고민하다 "빨
리"라는 선생님의 날카로운 목소리에 놀라 자신도 모르게 짝
꿍의 얼굴 바로 옆에 얼굴을 들이밀고는 엎드려버렸다. 몇몇
아이들은 아직도 큰 소리로 떠들고 있었고, 그 혼란을 틈타
짝꿍이 그에게 이렇게 물었다.

"넌 우리 반에서 누가 제일 좋아?"

"어? 나? 어…… 난, 너, 너."

너무 놀란 상윤은 얼떨결에 속마음을 고백해버렸다. 상윤의 얼굴이 화끈거렸다.

내친김에 "너, 넌? 넌 누가 제일 좋아?"하고 되물었다. 여자아이는 "음……" 하고 잠시 생각하듯 천장을 쳐다보더니 "나도, 너." 하고 대답했다. 너무 기뻐서 상윤의 가슴이 콩콩 뛰었다. 그러나 짝꿍은 쉬지 않고 바로 이어서 말했다.

"그리고 창민이, 진성이, 근혁이, 또…… 성재도."

순간 상윤은 자신의 귀를 의심했다. 이 아이의 마음은 쪼개져 있는 것일까? 상윤의 가슴에서 일종의 배신감이 끓어올랐다. 차라리 그냥 다른 아이가 좋다고 말했다면 나았을 것이다. 그랬다면 이토록 실망스럽지는 않았을 것이다. 그런데 그 아이는 상윤이 그토록 조심스럽게 아껴서 주었던 마음을 아무렇지 않게 이 애 저 애한테 나눠주고 있었다. 마치 사탕을 나눠주듯.

상윤은 '남색'이 생각났다. 그 여자아이는, 그래, 이름조차 기억하기 싫은 그 여자아이는 상윤에게 바로 그 남색을 떠올리게 했다. 상윤은 배신감에 잠을 잘 수가 없었다.

침대 속에서 상윤은 아까 학교에서 일어났던 일에 대해 생각했다. 아니, 계속해서 생각이 났다. 짝꿍에게 고백하지 말았어야 했다. 아니, 차라리 그 아이의 대답을 듣고 나서 덧붙일 걸 그랬다. 나 역시 민아, 정연, 수아도 좋다고.

상윤은 다시는 누구에게도 먼저 진심을 털어놓는 일 따위는 하지 말아야겠다고 생각했다. 상윤은 덮었던 이불을 차고 일어나 거울을 보았다. 거울을 들여다보며 자신의 이름을 불렀다. 자신에게 앞으로는 절대로 감정을 먼저 드러내서는 안 된다고 가르쳐주기 위해서였다.

"야, 김상윤."

"어, 오랜만이다, 김상윤."

거울 속 상윤이 대답했다.

거울 밖 상윤은 거울 속 상윤을 보자 오늘 학교에서 있었던 일을 모두 털어놓기 시작했다. 거울 속 상윤은 말없이 이야기를 다 듣더니 씨익 웃으며 말했다.

"이제 다 한 거야? 다 했으면 이제 내 얘기도 들어볼래?"

거울 속 상윤은 제법 어른인 것처럼 의젓하게 거울 밖 상윤을 자신의 세상으로 초대했다.

거울 속 상윤을 따라 들어간 거울 속 세상은 거울 밖 세상과는 판이하게 다른 곳이었다. 거울 밖 상윤의 방에 걸려 있는 하얀 테두리의 지름 27센티미터 크기의 원형 거울은 벽에 걸린 대신 공중에 둥둥 떠 있었다. 거울은 벽이라든지, 바닥이라든지, 천장이라든지 하는 어떤 고정된 곳에 기대어, 혹은 걸려 있는 것이 아닌 그저 혼자의 힘으로 그곳에 있었다. 거울 밖 상윤이 보아온 거울과 똑같은 모습을 하고는 전혀 다른 세상에 존재하는 것.

거울 안으로 들어간 상윤은 거울을 들여다보았다. 그러자 거울 안 상윤이 거울 밖 상윤이 되어 거울 안을 보며 서 있었다. 이내 거울 속 상윤이 된 거울 밖 상윤이, 거울 밖 상윤이 된 거울 속 상윤을 보고 미소 지으며 말했다.

"나, 잠시 여기 구경해도 돼?"

"그럼, 당연하지. 둘러보고 와. 내가 너에게 들려주고 싶은 이야기가 이 안에 있어. 난 여기서 널 지켜보고 있을게."

거울 밖으로 나간 거울 속 상윤의 몸에서 초록빛이 감돌았다. 그렇게 거울 밖 상윤은 거울 안 상윤이 되어 거울 안을 둘러보기로 했다.

생각보다 그곳은 꽤 넓은 세상이었다. 그의 눈앞으로는 초록빛의 잔디밭이 끝을 모를 정도로 한없이 펼쳐져 있었다. 거울 밖 상윤이 된 거울 속 상윤의 모습이 초록빛으로 빛났던 이유가 여기에 있었나 보다 하고 거울 속 상윤이 된 거울 밖 상윤이 생각했다.

그러고는 잔디밭에 한 발을 디뎠다. 그러자 아무것도 없던 그곳에 작은 나무 한 그루가 생겨났다. 또 한 발자국을 디디자 또 한 그루의 나무가, 또 다른 발자국엔 개나리꽃이, 또 다른 발자국엔 산책로가 생겨났다. 거울 속 상윤이 된 거울 밖 상윤은 산책로를 따라 걸었다. 그가 걸어가자 나무가 가지를 뻗어내듯 갈림길이 생겨났다. 그 갈림길은 또 다른 갈림길을 만들어냈다. 또 다른 갈림길은 또 다른 갈림길을, 그리고 그 갈림길은 또 다른 갈림길을. 갈림길의 갈림길이 만들어낸 그곳은 기하급수적으로 퍼져 무한대의 공간을 만들어냈다.

거울 속 상윤이 된 거울 밖 상윤은 때로는 오른쪽을, 때로는 왼쪽 길을 택하며 계속해서 걸어갔다. 뒤로 되돌아갈 생각은 하지 않았다. 길을 잃을까 두렵지도 않았다. 그저 그 길에 이끌리듯 걸어나갔다.

한참을 걷던 길에서 상윤은 한 남자아이를 만났다. 그 아이는 상윤보다 두세 살 정도 어려 보이는, 덩치가 작은 꼬마 아이였다. 뜻밖의 인연을 만난 상윤은 꼬마에게 물었다.

"안녕, 꼬마야. 여기서 뭐 해?"

자기 자신은 마치 큰 어른이라도 된 것처럼 꼬마에게 물었다.

"……."

우울한 표정을 한 꼬마는 아무 대답도 하지 않은 채 땅만 쳐다보고 있었다.

"무슨 일이 있었어? 형아가 놀아줄까?"

꼬마는 그제야 고개를 들어 상윤을 쳐다보았다. 꼬마의 눈에는 눈물이 그렁그렁 고여 있었다.

"왜 그래? 엄마한테 혼났어?"

"엄마 없어."

"엄마가 없어? 아빠는?"

"아빠도 없어."

"그럼 혼자니?"

꼬마는 말없이 고개를 끄덕였다.

"그래서 슬퍼?"

꼬마는 또다시 말없이 고개를 끄덕였다.

당황한 상윤은 뭐라고 말해야 할지 망설이다 그저 꼭 안아주는 것으로 말을 대신했다. 품 안으로 쏙 들어온 꼬마는 이

내 눈물을 멈추고는 자신보다 덩치가 조금 더 큰 상윤에게 물었다.

"형아, 나랑 공놀이할래?"

기분이 한층 좋아진 듯한 목소리였다.

"그래, 그러자!"

잠시 고민하던 상윤이 웃으며 대답했다. 그러자 그들이 서 있던 길이 점점 넓어지더니 그곳에 작은 공터가 하나 생겨났다. 발밑에는 축구공 크기의 하얀 공 하나가 놓여 있었다. 꼬마와 상윤의 거리도 땅이 길어진 만큼 떨어져 있었다.

"자, 간다아!"

상윤은 꼬마와 공놀이를 시작했다. 그리고 한참이 흘렀다. 꼬마의 기운이 빠질 무렵, 상윤은 또 한 번 힘차게 공을 던졌다. 던진 공은 생각보다 멀리 떨어져 공터 밖으로 굴러나갔다. 꼬마는 공을 쫓아 숲으로 뛰어갔다. 하지만 한참이 지나도 꼬마는 다시 나타나지 않았다. 상윤은 공과 함께 사라진 꼬마를 큰 소리로 불렀다. 그래도 다시 나타나지 않자 상윤은 꼬마를 찾으러 숲속으로 들어갔다. 하지만 꼬마는 보이지 않았다. 대신, 작은 새 한 마리가 나뭇가지에 홀로 앉아 있는 것을 보았다.

지연

　　그녀를 다시 만난 건 상윤이 스물한 살을 앞둔 겨울, 그녀가 프랑스 유학을 마치고 한국으로 귀국했다는 소식을 들었을 때다. 그는 가까스로 그녀의 핸드폰 번호를 알아내 전화를 걸었다.

"여보세요."
그녀가 말했다.
"여, 여보세요."

"네, 말씀하세요."

"지, 지연이 핸드폰 맞나요?"

"네, 그런데요."

"나, 기억할지 모르겠는데, 상윤이야, 김상윤. 잘 지냈어?"

상윤의 얼굴이 화끈거렸다. 쿵쾅거리는 심장 소리가 수화기 넘어 들릴까 걱정이 됐다.

"아, 김상윤. 아, 안녕? 오랜만이다."

그녀도 당황한 듯 떨리는 목소리로 대답했다.

"귀국했다며? 혹시 시간되면 잠깐 만날래?"

"지, 지금?"

"아, 힘들면 괜찮아."

"아, 아냐. 괜찮아. 7시쯤 볼까? 장소는 네가 정해."

괜찮다는 말이 불과 1초 사이에 이토록 다른 의미로 쓰일 수 있다는 것에 새삼 놀라며 상윤은 제일 먼저 떠오른 장소를 말했다.

"어어. 우리 학교 앞 비엔나라는 카페 알아?"

"응 알아. 그럼, 이따 거기서 보자."

하필 떠오른 곳이 비엔나 카페라니. 그녀와 함께 다니던 고등학교 앞 좁은 골목에 위치한 비엔나 카페는 간판만 보았지

들어가본 적도 없는 곳이다. 어르신들이 많이 가시는 걸로 보아 카페보다는 다방에 가까울 것 같다.

아니나 다를까. 5시 45분쯤 도착한 카페는 상상했던 그대로였다. 창문 밖으로 여관 간판이 보인다. 이곳은 30년 정도 시간을 돌려놓은 듯한 분위기다. 프랑스로 유학을 다녀온 그녀를 다방 분위기 물씬 풍기는, 전혀 '비엔나'답지 않은, 비엔나 카페로 불러내다니. 뭔가 시작부터 잘못됐다는 생각이 들었다.

6시 정각, 지연이 카페 문을 열고 들어섰다. 상윤을 본 그녀는 상기된 얼굴로 다가와 자리에 앉았다.

"안녕, 오랜만이야."

그녀의 목소리는 여전히 차분했고 몸에선 여전히 광채가 뿜어져 나왔다.

"자, 잘 지냈어?"

상윤이 말했다.

"응. 너는?"

"나, 나도."

상윤은 이어서 말을 하고 싶었지만 입에서는 아무 말도 나오지 않았다. 전화로 만나자고 했던 용기는 어디로 사라졌는지 상윤은 그녀를 보는 순간 입이 얼어붙어버렸다. 무슨 말을 해야 할지 도무지 생각이 나지 않았다. 그녀도 마찬가지인 듯했다. 침묵이 그들을 감쌌고, 그렇게 몇 분이 흘렀다.

"우리, 나갈까?"

구세주처럼 그녀가 먼저 말을 꺼냈다.

누가 먼저랄 것도 없이, 둘은 카페를 도망치듯 빠져나와 계단을 뛰어 내려왔다. 밖으로 나오자 찬 공기가 상윤의 얼굴을 스쳤다. 정신이 바짝 들었다. 그녀가 옆에서 갑자기 크게 웃기 시작했다. 묘한 안도감이 몰려왔다. 마치 수업시간에 땡땡이라도 친 것 같은 해방감과 성취감마저 들었다.

⚜

고등학교 2학년. 신학기가 시작된 지 한 달이 조금 넘었을 때, 그녀가 상윤의 반으로 전학을 왔다. 4월의 봄기운이 완연했을 무렵이다. 아침 조회 시간, 담임 선생님 뒤를 따라 들어온 그녀는 고개를 숙이지도, 빳빳하게 세우지도 않은 채 의연하게 정면을 응시하며 반 학생들을 향해 인사를 건넸다.

"안녕, 지연이라고 해."

어디서 왔는지, 왜 전학을 왔는지, 아니 하다못해 잘 부탁한다는 흔한 말 한마디 없었다. 그렇게 자기소개를 마친 그녀는 빠르지도 느리지도 않은 걸음걸이로 비어 있는 자리에 걸어가 앉았다.

그녀는 좀처럼 웃는 법이 없었다. 조용한 성격으로, 많은 아이들과 어울리지도 않았다. 그저 몇몇 친한 친구들과 나지막하게 몇 마디를 나눌 뿐이었다. 쉬는 시간에도 화장실을 다녀오는 것 외에는 자리를 잘 뜨지 않았다. 주로 다음 시간에 공부할 책을 미리 읽어보거나 공책에 무언가를 적곤 했다. 그래서 그녀는 움직이지 않고 가만히 있는 시간이 많았다.

그래서 상윤은 그녀의 모습을 그릴 수 있었다. 연필 한 자루만 있으면 그녀를 그의 공간 안으로 옮겨올 수 있었다. 그는 그것이 너무도 좋았다.

손을 뻗어 그녀의 머리칼을 직접 만질 수는 없어도, 공책 안에 그려 넣는 것으로, 그녀를 가질 수 있었다. 그것은 실로 그의 가슴을 뛰게 했다. 그녀가 자신의 손에 의해, 자신의 공간으로 들어온다는 사실이 너무도 좋았다.

그는 쉬는 시간에도, 수업시간에도, 쉴 새 없이 그녀를 그렸다. 상윤의 공책은 그녀로 가득 찼다. 그의 교과서도 그녀로 가득 찼다. 그녀가 그려져 있지 않은 페이지는 단 한 페이지도 없었다.

겨울의 바람은 생각보다 더 차가웠다. 지연은 몸을 웅크렸고, 그 바람에 좁은 골목길을 빠르게 지나가는 자동차 한 대를 보지 못했다. 아슬아슬하게 그녀 옆을 지나는 차를 본 상윤은 반사적으로 그녀의 어깨를 감싸 끌어당겼다. 그는 지나치게 힘을 줘 그녀를 꽉 끌어안아버린 자신에게 흠칫 놀랐다. 하지만 그녀는 전혀 당황하지 않는 것 같았다. 그녀는 자연스럽게 마치 처음부터 그랬어야 했다는 것처럼, 아니 그래야 마땅하다는 듯, 그의 품에 천연덕스럽게 안겨 있었다. 그때 상윤은 비엔나 카페에 머물렀던 그 짧은 시간 동안, 하늘에 떠있던 해가 사라졌다는 것을 깨달았다. 그리고 그들의 주위를 밤이 감싸고 있음을 알았다.

그것은 그녀가 상윤 앞에 나타난 지 약 6개월이 지난 어느 날의 아침과도 같았다. 그녀가 있어야 할 자리에 그녀는 없었다. 1교시가 지나고 2교시가 지나도록 나타나지 않았던 그녀가 프랑스로 떠났다는 사실을 알게 된 건, 점심시간이 지나 오후 수업을 시작하기 바로 직전이었다.

담임 선생님이 교실에 들어오셔서 다른 전달사항과 함께 그녀의 부재에 대한 이유를 알려주셨다. 아침 조회 시간에 잊어버리고 얘기를 안 한 것인지, 아니면 선생님도 그제야 그 사실을 알게 되었는지 알 수 없었다. 그저 오늘부터 그녀가 학교에 나오지 않을 거라는 사실만을 전했을 뿐, 그 외에 다른 이야기도 없었다.

그날, 그녀가 그렇게 허무하게 사라져버린 날, 상윤은 엄마의 지갑을 훔쳐 유화물감을 샀다. 화가가 되고 싶다는 말 한마디에 용돈은 끊긴 지 오래였다. 꿈을 포기할까도 생각했다. 하지만 그녀를 그리는 것만은 멈출 수가 없었다. 물감을 사온 상윤은 그동안 아무런 색도 입히지 않았던 그림 속 그녀의 몸에 색을 칠하기 시작했다.

상윤은 머리에서부터 발끝까지 그녀를 상상하며 칠해 내려 갔다. 상윤의 붓은 그의 손이 되어 그림 속 그녀를 애무했다. 머리를 쓸어 넘기고 얼굴을 쓰다듬고 어깨를 감싸 안았다. 그의 붓은 멈추지 않고 그녀의 몸을 더듬어 내려갔다. 그녀에게 색을 입힐수록 그녀가 살아 숨 쉬는 듯했다. 그녀의 숨소리가 그의 귀에 들려오는 것만 같았다. 그러자 그녀가 더 이상 멀게 느껴지지 않았다. 붓끝을 타고 그의 몸속으로 그녀가 파고 들어 오는 것만 같았다.

그는 이미 그렇게 그녀를 안았고, 그녀는 그렇게, 늘 그와 함께 있었다.

そ그들이 그다음 찾아 들어간 곳은 가장 가까운 여관이었다. 카페 앞 골목에서 누가 먼저랄 것도 없이 시작된 키스는 브레이크가 고장 난 채 내리막길을 달리는 자전거처럼 제어할 수 없었다. 수줍던 그들의 모습은 온 데 간 데 없었다. 온몸의 세포들이 살아 움직였다. 머리카락 한 올 한 올, 발가락 사이사이로 전율이 흘렀다. 그동안의 모든 시간들이 단지 지금을 위한 시간으로 느껴졌다.

더 이상 지체할 시간이 없었다. 그들에겐 몸에 걸친 천 조각들을 벗어 던지고 몸을 눕힐 곳이 필요했다. 그들은 서둘러 여관으로 향했다. 그들의 욕구를 충족해줄 만한 곳이라면 어디든 상관없었다. 비엔나 카페 창밖으로 보였던 그 여관이다. 엘리베이터에서부터 복도를 지나, 방문을 열고 방 안으로 들어갈 때까지 그들의 혀는 내내 맞닿아 있었다.

상윤이 그녀를 안았을 때 그녀의 부재를 떠올렸던 것처럼, 방 안에 들어서는 순간 그는 그동안 그녀의 벗은 몸을 한 번도 상상해본 적도, 또 그려본 적도 없다는 것을 깨달았다. 그의 상상 안에서 그녀는 한 번도 학교 밖을 벗어난 적이 없었다. 교실이나 복도, 운동장, 그리고 매점이 그들이 함께했던 공간의 전부였다. 그녀가 떠난 후 몇 해 동안이나, 그러니까 상윤이 고등학교를 졸업하고 대학에 진학한 이후까지도 그의 기억 속에서 그녀는, 여전히 교복을 입은 소녀였다.

그녀의 피부색은, 그동안 그녀를 그리기 위해 그가 썼던 수많은 색깔보다 훨씬 더 아름다운 색이었다. 그는 이제 붓이 아닌 손끝으로 그녀를 색칠한다. 그녀가 신음한다. 따로 떨어져 있던 조각을 끼워 맞추듯, 둘은 하나가 되었다. 그리고 그것은 전혀 어색하지 않았다.

한 차례 폭풍우가 지나간 것처럼, 미친 듯이 해치워버린 섹스 후 그녀가 입을 열었다.

"프랑스에 도착해서 가장 아름답게 느껴졌던 건 바로 센 강이었어. 강둑에 앉아 키스를 나누는 연인들의 모습을 보면 마음이 설레었지. 햇살을 받으며 반짝이는 강은 너무도 눈부셨고, 그 위를 지나는 배들은 너무나 여유로워 보였어. 센 강은 비 오는 날이면 더욱 반짝였어. 빗방울을 맞으면 예쁜 소리를 냈지. 비가 내리던 어느 날 그곳에서 한 남자를 만났어. 프랑스에 도착한 지 한 달쯤 되었을 때였어. 그 사람은 배낭여행 중이라고 했어. 직장을 때려치우고 무작정 떠났다나? 우리는 이런저런 얘기를 나눴고 강가로 내려갔어. 해는 이미 지고 있었고, 해 질 무렵의 센 강은 그 어느 때보다도 예뻤지. 아직 고등학생인 내게 그 사람은 너무도 커 보였어. 난 프랑스에 간 지 한 달밖에 되지 않았지만 그동안 많이 외로웠다는 걸 깨달았어. 그 때문이었을까? 난 그 사람에게 기대고 싶어졌어. 그 사람이라기보다는 '누군가에게'가 더 맞는 표현일거야. 강둑에 앉아 키스를 나누던 연인들처럼 나도 그런 장면을 한 번 경험해보고도 싶었지. 상대가 누구든 말이야. 그건 그 사람도 마찬가지였던 것 같아. 우리는 건성으로 대화를 나누고는 그저 그런 분위기가 만들어지길 기다렸어. 그동안 해는 이미 저 멀리 사라져버렸고, 가로등은 고장이 났는지 켜지지 않았어. 주위는 1미터 앞도 보이지 않을 정도로 캄캄해졌지. 분위기는 무르익었고 나는 벽에 기대어 섰어. 그 사람은 내게로 다가왔어. 주변엔 아무도 없었고 조용했지. 그런데 그 순간, 내가 뭘 봤는지 알아? 쥐였어. 그래, 쥐. 시커먼 쥐가 줄을 서서 지나가고 있는 거야. 정말이지 끔찍했어. 그때야 난 그곳에서 시궁창 냄새가 난다는 걸 깨달았어."

그녀가 왜 그 이야기를 그 순간 그 장소에서 꺼냈는지 상윤은 알지 못한다. 여관에서의 갑작스런 섹스가 시궁창을 연상시켰다는 것인지, 프랑스에서 얼마나 외로웠는지를 말하고 싶었던 것인지 알 수 없었다. 그날 이후 다시는 그녀를 볼 수 없었다. 그녀는 왜 그때 돌연 떠나버렸을까? 그녀는 왜 침대에서 그런 이야기를 꺼냈을까? 그녀는 왜 나와 잤을까? 질문에 대한 대답은 미스터리로 남겨졌다. 친구들은 그녀가 다시 프랑스로 돌아갔다고 했다.

❧

그녀가 떠나고 상윤은 더욱 더 그림에 매달리기 시작했다. 그녀를 그리지 않고는 견딜 수가 없었다. 그리고 또 그렸다. 그녀가 말도 없이 사라진 이유를 도무지 이해할 수가 없었다. 시간이 지날수록 그녀와의 하룻밤이 꿈처럼 느껴졌다. 무언가에 홀린 것만 같았다.

그와 그녀가 함께했었다는 과거의 사실은 현재 그 어디에도 존재하지 않는다. 그 일이 사실이었는지, 단지 자신의 기억인지, 아니면 자기가 만들어낸 환상인지 더 이상 분간할 수 없었다. 그래서 그림을 그렸다. 그러면 그녀가 다시 사실로 느껴지기 때문이었다.

그림 속에서 그녀는 다시 현실이 되었다. 그림을 그리는 동안 그녀는 과거가 아닌 현재에 존재했다. 그렇게 그는 그녀를 다시 볼 수 있었고, 만질 수 있었고, 품에 안을 수 있었다. 그림은 그에게 있어 과거가 현재가 되고, 꿈이 현실이 되는 곳이었다.

그래서 그렸다. 그리고 또 그렸다. 미친 듯이 그렸다.

그리고 서른이 되었다.

<center>~~~~</center>

"다시 그려."

거울 속 상윤이 거울 밖 상윤을 향해 서른을 앞둔 하루 전날인 12월 31일에 말했다.

"싫어."

거울 밖 상윤이 단호하게 대답했다.

"왜?"

거울 속 상윤이 거울 밖 상윤에게 물었다.

"알잖아."

거울 밖 상윤이 거울 속 상윤에게 퉁명스럽게 대답했다.

"그래, 알잖아."

거울 속 상윤이 거울 밖 상윤에게 그의 말을 되풀이하듯 말했다.

안다. 1초도 걸리지 않고 반복되어 나온 그 말은 거울 밖 상윤의 마음을 후벼 팠다.

　안다. 그리지 않는 것이 어떤 의미인지.

　서른을 몇 달 앞둔 어느 날, 그는 붓을 놓았다. 그러고는 더이상 그리지 않았다. 아니, 그리고 싶지 않았다. 그리는 것은 그에게 아무 것도 가져다주지 않는다는 것을 깨달았기 때문이다. 그는 아직까지 백수였고, 꿈은 멀어져갔고, 돈도 한 푼 없었다. 그리고 그녀는 돌아오지 않았다.

　그는 이제 그림을 그리는 대신 글을 썼다. 하얀 바탕에 까만 글씨로, 자신의 꿈이 아닌 다른 이의 꿈을 글로 써 내려갔다. 그리고 그것은 그에게 돈을 가져다주었다. 그 돈은 그에게 현실을 보여주었다. 그 현실은 그에게 돈을 요구했다. 그리고 다시 한번 그에게 확신을 주었다. 그림은 그에게 아무것도 가져다주지 않는다는 것을. 돈도, 직업도, 그녀도.

　거울 밖 상윤은 그래서 말없이 거울 속 상윤의 눈을 바라보았다. 거울 속 상윤의 눈 너머로 어릴 적 들어가보았던 푸른 잔디가 보였다. 그 수많았던 갈림길은 이제 정리가 되어 단정한 모습이다. 작고 가늘었던 나무들 역시 많이 자라나서 제법 우거진 모습을 하고 있다.

　"들어와서 볼래?"

　거울 속 상윤이 거울 밖 상윤의 눈빛을 눈치채고는 조심스럽게 물었다.

거울 밖 상윤은 잠시 생각에 잠겼다. 그러더니 이내 대답했다.

"아니, 됐어. 할 일이 있어. 내일이 마감이거든."

김 부장

        김 부장은 카센터에 차를 맡기고는 근처 가장 가까운 카페에 들어갔다. 얼마 전부터 차가 말썽을 부리기 시작했다. 시동을 켤 때마다 점검 신호가 빨간색으로 깜빡였다. 바쁘다는 핑계로 무시한 지 세 달가량 지난 오늘, 타이어마저 펑크가 나버렸다. 하필 칼럼 마감 시간에 맞춰 이런 일이 일어나다니. 그나마 런플랫 타이어를 장착하고 있어서 얼마나 다행인지 모른다. 김 부장은 카페에 들어서자마자 가장 눈에 띄는 세트 메뉴인 아메리카노와 햄치즈 토스트를 주문하고는 자리에 앉아 노트북을 열어 전원을 켰다. 그러자 머리 바로 위쪽에 위치한 스피커에서 음악이 흘러나오고 있다는 것을 알아챘다. 그동안 의식하지 못했다는 것이 이상할 정도로 음악 소리는 볼륨이 높았다.

그는 글을 쓰는 동안에는 음악을 듣지 않는다. 김 부장은 이미 펼쳐놓은 노트북을 다시 접어 자리를 옮기려다 자신이 주문한 음식을 종업원이 쟁반에 받쳐 가져오는 모습을 보고는 이내 포기한다. 죄송하지만 자리를 좀 옮기겠다고 종업원에게 말하기가 더 성가시게 느껴져서다. 김 부장은 아메리카노의 뚜껑을 열어놓은 채 토스트를 한 손으로 들어 와구와구 먹어치운다. 그러고는 이어폰을 꺼내 귀에 꽂았다.

이어폰에서는 어떤 음악도 나오지 않는다. 단지 카페 안의 스피커에서 나오는 음악 소리를 줄이기 위해 착용했기 때문이다. 하지만 그것으로는 소리를 차단하기엔 역부족이었다. 그에겐 다른 소리가 필요했다.

그는 얼마 전 스마트폰 앱 스토어에서 다운받은 '백색 소음'이 생각났다. 불면증에 도움이 된다며 회사 직원이 받아준 어플리케이션이다. 어디에 있더라. 스마트폰에 가득 들어찬 수많은 어플 중에서 '백색 소음'을 찾아 실행시킨다. 음악 소리가 백색 소음에 덮여 그마저 소음으로 변한다. 노트북에서 문화 콘텐츠와 그에 따른 경제 효과에 대해 작성 중이던 칼럼 파일을 찾아 연다. 그동안 마시기 좋을 정도로 식은 커피를 들어 카페인을 흡수한다. 마감이 얼마 남지 않았다.

김 부장은 올해로 마흔아홉 살이 되었다. 그리고 올해 초 신문사에서 새로 출범한 TV 채널에서 부장 자리를 맡았다. 이제는 먹고살 만큼 벌었다. 그림을 포기하고, 그렇게 색채를 버리고, 흰 종이에 검은 활자를 꾸준히 써온 덕분이다. 김 부장은 자신의 사회적 지위도, 벌이에도 만족했다. 이 정도면 잘 해냈다고 생각한다.

타이어를 교체하고 내친 김에 정기점검까지 끝낸 차는 이제 성수대교를 건너고 있다. 차로 가득한 성수대교는 주차장을 방불케 한다. 하릴없이 길에서 보내는 시간만큼 아까운 것이 없다. 요령껏 빠져나가려다 사정없이 울려대는 경적 소리에 그만두기로 한다. 괜히 시끄러운 일을 만들고 싶지 않았다. 오전의 일만 해도 그랬다.

"정치부도 있고 산업부도 있는데 굳이 우리가 그걸 꼭 취재해야겠어? 게다가 탑승 체험이라니?"

김 부장은 짜증 섞인 목소리로 말했다.

"지난번엔 아무 말씀 안 하시더니, 어렵게 허가까지 다 받아놨는데 이러실 거예요? 축제잖아요, 축제. 문화부가 해야

죠. 꼭지 타이틀은 '하늘에 그리는 그림'으로 갈 거예요. 시민들이 참여할 수 있도록 축제를 알리고 공군이 어떤 일을 하는지 또 어떤 삶을 사는지 취재해서……."

문화부 일보다는 정치부에 더 가까운 일이다. 게다가 전투기 체험이라니. 그림 어쩌고 운운하는 은하가 한심하기도 했다. 하늘을 나는 비행기라지만 전쟁에 대비하는 전투기를 타고 하늘에 그리는 그림이라니. 그것을 어떻게 그림과 비교할 수 있을까? 전쟁에 대비해야만 하는 슬픈 현실을 반영한 극사실주의로 봐야 하나? 하.

시니컬해진 김 부장은 입을 실룩거렸다. 열정 하나만으로 세상을 살아가는 것 같은 은하를 막고 싶었지만 말이 길어지는 것만큼 피곤한 일은 없다.

그가 살아오면서 터득한, 어쩌면 가장 유용한 정보 중 하나는 '먼저 나서면 귀찮은 일이 생긴다'는 것이다. 협상을 할 때도 마찬가지다. 상대방에게 먼저 말을 꺼내게 하는 것이 내 생각을 먼저 말하는 것보다 더 유리한 결론으로 이끌 수 있다. 문화부 소관이 아닌 것을 문화부에서 취재하게 되면 귀찮아진다. 굳이 해야 하는 일이 아니면 하지 않는 것이 더 낫다. 게다가 위험하기까지 한 일을 왜 자처하고 나서는 건지. 사회부 출신이라 그런지 무서울 게 없어 보인다.

은하를 보고 있으면 묘한 감정에 휩싸인다. 그녀의 열정과 순수함을 보면 자신의 어린 시절이 생각났다. 꿈을 쫓아 헤매던, 그리고 그로 인해 짓밟혔던 시간들이. 그래서 그녀를 볼 때마다 그는 영 기분이 찝찝해지곤 했다.

그녀는 자신이 한동안 잃어버렸던 색깔들을 떠올리게 했다. 그중에서도 특히 노란색을. 거기에 그녀만의 빨간색이 더해져 은하에게선 빛이 났다. 하지만 바로 그 강렬하고 눈부신 두 색채 때문에 그는 그녀가 늘 불안했다. 그녀에겐 그녀를 차분히 눌러줄 어두운 계열의 색이 없어 보인다. 가령 브라운이라든지 블랙과 같은.

그런 이유로 한동안 그는 '그답지 않게' 그녀를 앉혀놓고 수많은 잔소리를 했다. 눈에 크게 띄지도 거슬리지도 않게 사는 것이 승진하는 가장 빠른 길이라는 것부터 시작해, 인터뷰를 꺼리는 취재원을 설득하는 요령과 광고주를 만족시킬 수 있는 기사 작성법 등과 같은 '기술'들을 가르쳤다. 이를테면 '세상에서 살아남는 법' 같은 것들 말이다.

오늘따라 유난히 길게 느껴지는 성수대교. 그것이 은하 때문인지, 길을 가득 메운 차들 때문인지, 탁한 공기 때문인지 김 부장은 굳이 구별하고 싶지 않았다.

삑삑삑. 성수대교를 겨우 넘어 좌회전을 하는 순간, 교통경찰이 요란한 호루라기 소리를 내며 김 부장의 차를 불러세웠다. 경찰은 김 부장이 앉아 있는 자리의 창문을 두드리며 말했다.

"선생님, 신호 위반하셨습니다. 노란불에 건너셨습니다. 면허증 좀 보여주시죠."

신호등이 바뀌는 것을 미처 보지 못했던 모양이다. 김 부장은 지갑을 열어 운전면허증을 건넸다. 20대 중반쯤으로 보이는 교통경찰은 김 부장이 건넨 것을 살피고는 이내 고개를 들어 김 부장의 얼굴을 똑바로 쳐다보며 이렇게 말했다.

"김상윤 씨, 면허증 없으십니까? 이건 명함인데요."

자신이 건넨 것이 명함이었다는 사실에 놀란 김 부장은 허둥지둥 면허증을 꺼내 다시 건넸다. 경찰이 김 부장의 신원을 조회하는 동안 김 부장의 귓속에 '김상윤 씨'란 말이 맴돌았다. 김상윤. 얼마 만에 불려보는 이름인가. 자신의 이름이건만 너무도 낯설게 느껴졌다.

교통경찰은 신원조회를 마치더니 경고장을 건네며 사인을 하라고 했다. 다음부터는 노란 신호에는 멈추어야 한다는 말과 함께. 그 말이 김 부장이 된 상윤, 아니 상윤이 된 김 부장의 뇌리에 박혀 그의 머릿속에서 되풀이되었다. 그는 그 자리에 서서 교통경찰이 건넨 경고장을 한 손에 들고 중얼거렸다.

"노란 불에 멈춰 서라, 노란 불에 멈춰 서라."

⁓✿⁓

은하가 미소 짓고 있다. 상민이 또 쓸데없는 현장 스케치 컷들을 찍는 바람에 잡힌 표정임에 분명하다. 편집실을 지나다 우연히 보게 된 그 표정. 스치듯 한 번밖에 보지 못했지만 이상하게도 은하의 그 미소는 한동안 김 부장의 뇌리를 지배했다.

뭐랄까, 그것은 김 부장에게 일종의 수치심을 느끼게 했다. 이유는 알 수 없었다. 그저 그녀의 미소를 보는 순간, 온몸에 힘이 풀리며 극심한 피로감과 불쾌감이 밀려왔다. 그 미소는, 김 부장이 그동안 보아왔던 노랑과 빨강이 아니었다. 그 두 색은 그녀 전체의 일부에 불과한 것 같았다. 그녀에게는 분명 다른 이면이 존재하고 있었다. 그것은 마치 바람 앞에 언제 꺼질지 모르는 운명을 감지하고 있는 불꽃처럼 위태롭게, 그러나 그 운명을 비웃듯 아름답게 빛나는 것이었다.

그녀의 미소가 마치 자신을 조롱하는 것처럼 느껴졌다. 하지만 그는 무시하기로 했다. 무시하고 외면하는 것으로 기분

나쁜 감정을 그저 치부하기로 했다. 하지만 그럴수록 불쾌감은 더해갔다. 그것은 마치 서랍 깊숙이 넣어둔 오래된 향수병이 그 위에 세월이 쌓은 다른 물건들에 의해 눌려 마침내 다시 그 냄새를 발산하는 것처럼, 억누를수록 스멀스멀 올라왔다.

그래서 그날 은하의 집에 초대받은 날, 두루마리 휴지를 사들고 찾아갔을 때, 김 부장은 그토록 시니컬했는지 모른다.

"휴지는 왜 전부 하얀색일까요?"

누군가가 물었다.

"아닙니다. 초록색 휴지도 있습니다. 녹차 휴지라고, 화장실 휴지인데 그걸로 볼일보고 닦으면 기분이 좀 그렇습니다."

상민이 말했다. 상민다운 대답이라고 김 부장은 생각했다.

"재활용 휴지는 누런색이잖아."

한 여자가 말했다.

"냅킨은 알록달록하죠."

그 옆의 남자가 말했다.

"하지만 휴지는 대부분 하얀색이 많아요."

누군가가 다시 정리하듯 말했다.

"대부분 하얀색이라고 해서 꼭 하얀색이어야 할 필요는

없죠."

군인인 듯 보이는 남자다. 말에 가시가 느껴진다.

"휴지가 대부분 하얀색인 건, 아마도 더러운 걸 금방 드러내기 때문이 아닐까요? 더러운 걸 잘 닦았는지 가장 확실히 확인할 수 있는 게 하얀색이잖아요."

은하가 다시 하얀색을 정의하듯 말했다. 김 부장은 이런 은하의 발언이 거슬렸다.

'하얀색도 더러울 수 있다. 하얀색이 너무도 고결하여 다른 더러운 것들을 드러내는 것이 아니라, 하얀색 자체도 다른 색깔을 더럽힐 수 있다.'

그래서 "하지만 때론 하얀색이 얼룩일 때도 있죠"라고 말했다.

"하긴, 까만 차에 하얀색 흠집이 나면 엄청 보기 싫어요."

은하의 친구인 듯 보이는 여자가 김 부장의 삐딱함을 센스로 커버해주었다.

가까스로 기분을 추스르려는데 은하가 이어서 말한다.

"결국 바탕색이 중요하다는 건가? 하긴, 뭐가 됐든, 자신 고유의 색을 지키는 건 중요하겠죠. 그것이 모두 한 가지 색일 필요는 없겠지만……."

하얀색이 얼룩일 때, 그 바탕색은? 까만색? 회색? 남색? 김 부장의 머릿속에 자꾸만 좀 전의 대화가 맴돌았다. 하얀 휴지, 초록 화장지, 알록달록 냅킨, 그리고 하얀색 얼룩. 은하. 은하의 색인 줄로만 알았던 빨간색과 노란색. 그녀가 날아오를 노을 지는 하늘, 주황색, 그녀 아래로 펼쳐질 들판, 초록색, 그리고, 그녀가 내려다볼 바다, 파란색.

김 부장의 머릿속에 온갖 색깔들이 생겨났다. 그의 머리가 지끈지끈 아파왔다. 그가 마주하고 있는 일들이 마치 꿈처럼 느껴졌다.

'무지애, 무지애.'

거울 속 상윤의 음성이 환청처럼 들려왔다.

그는 현기증을 느껴 밖으로 나갔다. 담배를 입에 물자 마음이 조금은 차분해진다. 담배 연기가 피어오른다. 회색빛으로 타오른다. 김 부장은 그 연기를 한참 동안 바라보았다. 그러고는 한 모금을 빨아들였다. 폐 안 깊숙이. 폐의 바닥 끝까지.

잠시 멈췄다 긴 한숨으로 연기를 내뱉었다. 그의 안에 아무것도 남아 있지 않을 때까지.

그것은 마치 어떤 의식과도 같아 보였다. 경건하게 몸속 깊숙이 치러지는 의식. 김 부장은 그 의식을 끝내자 담배를 아파트 벽에 비벼 껐다.

언젠가는 하얀색이었을 벽은 이미 여러 색으로 더럽혀져 있었다. 담뱃재로 또 한 번 얼룩진 그 벽을 김 부장은 한동안 물끄러미 바라보았다.

딥 퍼 플

"만약 꿈이 깨어 있는 삶의 반영이라면 삶 또한 꿈에 대한 반영이다."

- 마그리트

"우리 헤어질까?"

결혼한 지 7년하고도 3개월가량 지났을 무렵 주방에서 아내가 말했다.

점심 식사를 막 마치고 커피를 마시려던 참이었다.

"왜? 나랑 살기 싫어졌어?"

나는 찬장에서 커피잔 두 개를 집어 들며 물었다. 커피잔끼리 부딪히며 달그락 소리를 냈다. 아일랜드 테이블에 기대어 나를 지켜보던 아내는 "아니"라고 대답했다.

"근데 왜?"

나는 돌체 구스토에 커피잔 하나를 맞춰 넣으며 물었다.

"그냥."

아내는 마치 무의식적인 것, 무의미한 것에서 의미를 찾는 다다이스트처럼 건성으로 대답했다. 나는 캡슐을 넣고 기계를 작동시켰다. 습관처럼 손이 움직이고 있었다. 커피가 내려지는 동안 길 수도 있고 짧을 수도 있는 침묵의 시간이 흘렀다. 커피가 잔의 3분의 2를 채웠을 때, 아내는 다시 말했다.

"같이 살 이유가 없는 것 같아서."

다 채워진 커피잔을 기계에서 꺼내고, 빈 잔으로 바꿔 넣으며 내가 물었다.

"같이 살지 않을 이유가 생긴 건 아니고?"

나는 다시 기계에 캡슐을 넣고 기계를 작동시켰다. 늘 하던 일이다. 굳이 다음 단계를 생각하지 않아도 몸에 익숙해진 행위.

"자기는 이유가 있어? 나랑 살아야 하는 이유?"

아내가 반문했다.

"……."

나는 침묵했다. 대신 커피가 잔에 가득 찼을 때, 기계를 멈춰 세웠다. 기계 소리가 제법 컸다는 것, 그리고 그 소리가 거슬렸다는 것을 알아차린 것은 아이러니하게도 그때였다. 끝이 나야 비로소 알게 되는 것들이 있다.

"글쎄, 한 번도 생각해본 적 없어."

나는 침묵 끝에 이렇게 말했다. 그러자 아내는 "그럼, 한번 생각해봐"라고 말했다.

그러고는 내린 커피 중 한 잔을 손에 들고 서재로 향했다.

뜨거운 커피를 손에 쥐고 아일랜드 테이블 옆 의자에 걸터앉았다. 설탕을 한 스푼 떠 커피에 녹인다. 뜨거웠던 어떤 여름이 생각났다. 마음이 이끌리는 데에는 이유 따위 필요 없었다. 그저 그 햇살에, 그 태양 아래 반짝이던 모습, 가슴 떨렸던 기억.

커피를 쥔 손이 파르르 떨려오는 것을 느낀다. 그것은 의지와는 상관없다. 몸은 그저 본능적으로 반응할 뿐이다. 갑작스런 기억에 나는 눈을 들어 허공을 응시했다.

◈

아내에게 다른 남자가 생긴 것을 눈치채는 건 그리 어려운 일은 아니었다. 그녀에게서 조금씩 새로운 모습이 발견되었기 때문이다. 그녀의 말투, 몸짓, 눈빛, 화장, 구두 등 모든 곳에서 티가 났다. 의식적으로 티를 내지 않으려는 노력까지도 내겐 훤히 보였다.

아내가 누군가를 사랑하게 되었다. 그 사랑이 목숨을 걸 정도인지 아닌지는 몰라도, 적어도 일반적으로 사랑이라고 부르는 그 애틋한 감정인 것은 확실해 보였다.

아내는 부쩍 예뻐졌다. 표정이 다양해졌고, 손짓이 여성스러워졌으며, 목소리 톤이 높아졌다. 진성이 아닌 가성을 내는 것이 자연스러워졌고, 머리카락을 묶지 않고 풀어 내렸으며, 자주 매만지는 습관이 생겼다. 걷는 자세가 요염해졌으며, 가슴도 조금 커졌고, 엉덩이에도 탄력이 붙어갔다. 많이 먹지 않았고, 거울을 자주 보았으며, 외출할 때 옷을 여러 번 갈아입었다. 그것은 영락없이 사랑에 빠진 여자의 모습이었다.

그녀는 평범한, 그리고 조금은 고지식한 중산층 가정에서 태어났다. 성적은 특별히 우수하지도 나쁘지도 않은 평범한 수준이었고, 특별히 좋지도 나쁘지도 않은 대학을 나와, 적당히 알아줄 만한 중견기업 해외지원 파트에서 번역 일을 맡아 했다. 하지만 회사 사정이 어려워져 더 이상 사업을 진행하지 않게 되자 그녀는 프리랜서로 일하게 됐고 나와 결혼한 이후 지금까지도 프리랜서로 간간이 일을 맡아 진행하고 있다.

특별히 모험을 즐기지 않는 그녀는 혼자서 여행을 가본 적도 없다. 가정주부들이 흔히 하는 요가나 에어로빅 같은 운동을 빼고는 스쿠버 다이빙이나 락 클라이밍과 같은 특이한 스포츠를 배워본 적도 없고, 어릴 적 누구나 다 하는 피아노 학원을 다닌 것 말고는 특정 악기를 다루는 취미가 있는 것도 아니고, 게임에 빠져본 일도 없거니와 술을 조금 하지만 술에 취해 필름이 끊겨본 적도 없다.

우리의 부부 생활도 지극히 평범하다고 할 수 있다. 아내와의 섹스는 정기적으로 이루어진다. 대개는 한 달에 한 번, 한 번에 5분에서 10분 정도의 시간이 소요된다. 언제나 불을 끄고 어두운 상태에서 시작된다. 주로 애무 없이 곧바로 삽입에 들어가는 편이고, 아내는 다행히도 그에 대해 특별한 불만이 없어 보였다. 처음엔 남성상위로 시작했지만, 의외로 아내는 후배위를 싫어하지 않았고, 나는 그게 더 편했기 때문에 점점 그렇게 굳어갔다.

결혼 초반에는 섹스를 하고 난 후 그녀에게 어땠는지를 물어보았다. 나는 아내가 불만이 있는 것을 원하지 않는다. 하지만 그녀는 언제나 좋았다는 대답 외에 달리 말이 없었기 때문에 이제는 더 이상 물어보지 않는다. 지금까지 아내는 한 번도 먼저 우리의 관계에 대해 언급한 적이 없다. 그것이 내겐 참 편했고 편리했다.

⤙❦⤚

아내가 나를 사랑한 적이 있을까? 아니, 적어도 사랑한다고 믿은 적은 있을까? 혹은 반대로 내게서 사랑받았다고 느낀 적이 있을까? 나에게서 위로를 받았던 적이 있을까? 나는 그녀를 사랑한 적이 있었던가? 사랑. 그래, 사랑. 그 빌어먹을 사랑 말이다.

사랑. 어쩌면 참 편리한 단어이기도 하다. 사랑처럼 광범위한 단어는 없으니까.

사랑이 궁금하던 시절이 있었다. 사랑이 고프던 시절이 있

었다. 사랑이 애틋하던 시절이 있었다. 사랑이 아프던 시절이
있었다. 사랑이 전부이던 시절이 있었다. 사랑이 고통이던 시
절이 있었다. 사랑이 희망이던 시절이 있었다. 사랑이 전부이
던 시절이 있었다. 그리고 사랑이 죽어버렸다.

◈

나는 아내의 사랑을 얼마나 갈망했던 걸까?

"그런 건 아니야. 널 싫어한 건 아니야. 너랑 사는 게 싫은
것도 아니야. 그냥 단지 살아있음을 느끼고 싶었을 뿐이야.
너랑 있다고 반드시 죽은 것 같다는 의미는 아니야. 너랑 사
는 것도 사는 거지. 그런데 내 말은, 그래. 도전 같은 거. 여
행 같은 거. 올리버 색스는 모든 유기체가—특히 인간이—모
험과 여행, 새로움, 도전을 위해서 만들어졌다고 생각한다,
삶의 경이로움은 바로 그런 것에서 온다고 말했어. 그냥 그런
거야. 난 그저 살아있음에 경이로움을 느끼고 싶었어. 내 나
이 마흔에 비로소 살아보고 싶은 거야. 삶이라는 걸."

아내는 담담하게 말했지만, 그것은 내게 절규로 들렸다.

실은, 아내가 그런 말을 꺼낼 수 있다는 사실 자체에 놀랐
다. 적어도 내가 아는 아내는 그런 말을 쉽게 꺼낼 사람이 아

니니까. 어쩌면 내가 아는 아내는 아내의 전부가 아닐지 모른다. 아내가 아는 내가 나의 전부가 아니듯.

얼마 전부터 그녀에게서는 향긋한 냄새가 난다. 아내는 그 남자를 언제, 어디서, 어떻게 만났을까? 어떤 순간에, 어떤 계기로 그를 사랑하게 되었을까? 아내의 사랑이 궁금하다.

언제부터인가, 내가 퇴근해서 집에 돌아오길 기다려주던 아내는 더 이상 그러지 않았다. 내 퇴근 시간은 상당히 늦은 편이다. 난 습관처럼 항상 늦게 퇴근했다. 늘 야근을 했고, 밤새워 일할 때도 많았다. 내가 집에 들어가면 아내는 소파에 누워 나를 기다리다가 내가 들어오는 것을 확인하고 과일이나 견과류 등 주전부리를 내주고는 씻고 잠자리에 든다.

나는 집에 들어오면 옷을 갈아입고 손과 발을 씻은 후, 소파에 앉아 TV를 틀어 마감 뉴스를 보며 주전부리를 하다 대부분 그대로 잠이 든다. 그러고는 새벽 2, 3시쯤 눈을 떠 TV를 끄고, 이를 닦고, 아내가 자고 있는 침대에 들어 잠을 잔다. 이를 닦고 난 후 침대로 향하지 않고 다시 소파로 올라가 마치 중간에 깨지 못한 척 잠을 자는 날도 많다. 그러면 다음 날 아내는 서운한 내색을 하곤 했다.

하지만 최근 들어 그녀는 주전부리를 미리 준비해두고 먼저 잠자리에 드는 일이 많아졌다. 어떤 때는 주전부리마저 잊어버리는 날도 있었다. 그런 그녀를 보면서 나는 서운한 마음 대신 내심 안도감과 자유로움마저 느꼈기에, 그녀에게 아무 말도 하지 않았다.

내 퇴근 시간이 빨라진 것은 그때부터였다. 아내가 나를 기다리지 않는다는 것은 일종의 해방감을 안겨주었다. 집이라는 공간이 더욱 편하게 느껴지기 시작했다. 그래서 그날 나는 여느 때와는 다르게 퇴근 시간에 맞춰 정시에 퇴근했다. 보통은 가족끼리 모여 저녁을 먹을 시간이다.

현관문을 열고 집에 들어서는데, 외출하려는 듯 잘 차려입은 아내와 맞닥뜨렸다. 아내는 약속에 늦었는지 허둥대는 모습이었다. 그녀의 구두 세 켤레가 현관 바닥에 흐트러져 있었다.

"웬일이야?"

그녀는 마치 아주 오랜만에 갑작스레 방문한 친구에게 말하듯 놀라 물었다.

"응, 그냥. 일이 없어서. 어디 나가?"

"응. 약속이 있어서. 저녁은?"

그녀는 투피스 정장을 차려입고 있다.

"아직."

"그럼, 시켜 먹을래? 아님, 냉장고에 반찬도 좀 있고."

그녀는 한 손으로 벽을 짚고는 허리를 구부리지 않고 선 채로 구두 한쪽을 집어 발에 끼워 넣으며 말했다.

"내가 알아서 할게."

한쪽 구두를 신고 아내는 다른 쪽 구두를 손에 든 채 잠시 망설이더니 이내 재빨리 다른 한쪽 발에 끼워 넣으며 말했다.

"그래, 그럼. 다녀올게."

"어, 그래. 다녀와."

아내는 나의 눈을 1초가량 바라보더니 고개를 돌려 문을 열고 나갔다. 문에서 '쿵' 소리가 났다.

나는 그녀가 나가자 아파트 베란다로 나가 그녀의 모습이 보이길 기다렸다. 종종거리는 발걸음으로 그녀가 아파트 공동현관 앞에 나타났다. 조금 전까지 나의 저녁 식사를 걱정하던 그녀의 모습은 어디에도 없었다.

그녀의 발걸음이 빛났다. 설렘이 가득한, 희망을 노래하는, 기대에 찬 발걸음.

그래. 나는 그런 발걸음을 안다. 심장이 뛰고, 혈관 하나하나의 맥박이 발끝까지 전달되어 땅을 차고 튀어 오르는 설렘.

사.랑.의.시.작.이.구.나.

아내가. 사랑을. 시작했다.

순간 머릿속으로 기억 하나가 스쳤다. 왠지 모를, 근원을 알 수 없는 기억의 한 조각. 지금 아내의 모습처럼 설렘이 가득한, 희망에 찬, 기대에 찬, 수줍으면서 당찬 한 발 한 발을 내딛는 첫사랑의 몸짓.

뭐지? 내게 이런 기억이 있었던가? 이런 감정을 느꼈던 적이 있나? 나는 언제 잊혔는지 모르는 이 감정의 기억을 더듬었다.

아무 이유 없어. 그냥. 그런 거야. 하늘이 파랗고 햇살이 따뜻한 것처럼 그냥 그런 거야. 처음부터 그렇게 만들어진 거야.

파란 하늘 아래 아지랑이가 피어오른다. 뜨거운 열기가 느껴진다. 숨이 막힐 듯한 열기가 가슴을 조여온다.

이곳은? 운동장 한구석이다. 한 소년의 모습이 보인다. 아이는 왜 혼자일까? 기분이 별로 좋지 않아 보인다. 외롭게 혼자 앉아 있는 그 소년을 향해 멀리서 날아오는 공이 보인다. 소년은 공을 피할 생각도 하지 않은 채 그저 멍하니 바라보고 있다. 소년을 향해 전속력으로 날아가는 공을 순간 누군가가 힘껏 낚아챈다. 공중으로 날아올랐다가 바닥으로 떨어지는 남자. 공을 손에 넣은 그가 몸을 일으키며 말한다.

"너 새로 전학 왔지? 반갑다. 잘 지내보자."

자신의 어깨로 소년의 어깨를 치며 그는 한쪽 눈을 찡끗 감아 보였다.

❦

그날 밤, 기대를 가득 안고 나갔던 모습과는 달리 아내는 풀이 죽어 집에 돌아왔다. 고개를 푹 숙인 채 넋이 나간 사람처럼 멍하니 땅바닥을 응시했다. 좀처럼 대화를 하지 않는 우리였기에 그 분위기가 딱히 어색하거나 낯선 것은 아니었지만, 나는 그녀의 그런 모습에 신경이 쓰였다.

"저녁은 누구랑 먹었는데?"

"그냥. 있어, 학교 선배."

"무슨 일로?"

"번역이지 뭐."

"잘됐네. 요즘 일 없었잖아."

"응."

아내는 낮게 한숨을 내쉬었다. 그 한숨은 그녀에 대해 많은 것을 생각하게 했다. 그녀 안에 존재하는 아직은 작지만 그 잠재력을 쉽사리 예측할 수 없는 무언가.

그리고 그 한숨은 나의 심장마저 두근거리게 했다. 그 한숨에는 뭐랄까, 어쩌면 실망스러운, 조금은 슬픈, 그리고 한없이 혼란스러운 감정들이 녹아 있었다. 그리고 나는 그것에 공감하는 내 심장을 발견했다. 나는 아내의 낮은 한숨에서 그 복잡한 감정을 단숨에 읽어 내려갔다. 그리고 그런 나 자신이 스스로 당황스러웠다. 내가 아는 나는 이런 감정들을 이렇게 쉽게 읽어내는 사람이 아니다. 적어도 내가 아는 나는.

그녀의 한숨은 또 다른 기억의 조각을 불러왔다. 누군가가 그런 한숨을 내쉬고 있다. 그 한숨이 나를 아프게 한다. 한숨을 쉬는 주인공은 그동안 참으로 수없이 많은 한숨을 쉬어왔다. 그 한숨이 그를 하루하루 살게 했다. 그것은 그를 누르는, 그를 억누르고 억압하는 무엇인가를 향해 그가 할 수 있는 최대의 저항이었다.

그는 무엇 때문에 그런 힘겨운 숨을 쉬고 있는 것일까? 가슴이 아파왔다. 알 수 없는 슬픔이 마음속 깊은 곳에서부터 끓어올라왔다.

사랑받지 못할, 어쩌면 사랑받아서는 안 될 사랑을 하고 있구나.

그녀의 한숨이 말해주는 것이다. 아내는 지금 짝.사.랑.을 하고 있다.

아내는 그날 밤, 휴대폰을 손에 쥐고 놓지 않았다. 시간에 쫓기는 것도 아니면서 시계를 보는 척 연신 메시지를 확인했다. 그러더니 일을 시작하려는 듯 독어로 된 책을 펼쳐 무릎에 올려놓았다. 프리랜서로 간간이 일을 받아 진행하던 것과는 달라 보였다. 그녀의 무릎엔 서류가 아닌 책이 올려져 있었다.

"이번엔 제안서 번역이 아닌가 봐?"

내가 물었다.

"응. 소설이야. 단편."

"해본 적 없잖아. 소설 번역은."

"없지."

"근데 할 수 있겠어?"

아내는 잠시 생각에 잠기더니 이내 말을 이었다.

"늘 똑같은 것만 하라는 법 있나? 누구에게나 처음은 있는 거잖아."

누구에게나 처음은 있다.

그녀는 책의 첫 페이지를 펼쳐 읽기 시작했다. 아니, 읽는 것처럼 보이려고 애썼다. 하지만 그녀가 단 한 페이지도 제대로 읽지 못했다는 것을 나는 안다. 그녀의 눈은 책의 활자가 아닌 그보다 더 깊은 곳 어딘가를 바라보고 있었기 때문이다.

그날 밤, 끝내 문자는 오지 않은 것 같다. 그는 왜 아내에게 아무런 연락을 하지 않은 것일까? 저녁 식사 자리에선 어떤 얘기가 오갔던 것일까? 아내에게 호감을 가지고 있기는 한 것일까? 그렇지 않다면 아내의 어디가 마음에 들지 않은 것일까? 유부녀라서? 평범한 타입이긴 하지만 그녀는 꽤 예쁜 얼굴과 몸을 가지고 있다. 어느 남자라도 끌릴 만한. 그런 그녀를 그는 왜 받아주지 않는 걸까? 나는 어느새 아내의 입장이 되어 그 남자의 전화를 기다리고 있었다. 초초해하는 아내의 모습이 안쓰러워지기까지 했다.

그 남자에게서 문자가 온 것은 그날 새벽이었다. 3시쯤 되었을까? 기다리다 지쳐서인지, 그날의 만남에 그토록 긴장했던 탓인지, 그녀는 깊은 잠에 빠져 있었다. 어둠 속에서 문자 수신을 알리는 휴대폰 불빛이 순간 빛났지만, 아내는 그 불빛에 깨지 못했다. 볼까 말까 망설이던 차에 아내가 몸을 뒤척였다. 순간 놀라서 나는 도망치듯 침실을 빠져나왔다. 휴대폰을 들여다본들 어차피 아내 휴대폰의 비밀번호를 풀지 못했을 것이다. 그런데 나는 왜 아내의 휴대폰을 향해 다가갔을까?

문자 내용을 확인하는 것이 그토록 두려울 수 있다는 것을 안 건 지금이 처음이 아닌 것 같다는 생각이 들었다. 분명 나는 이 비슷한 경험을 한 기억이 있다. 그때 나는 두근거리는 마음을 추스를 수가 없었다.

　소년이 조금 자란 모양이다. 조금은 어른스러워진, 이미 청년의 모습을 한 그는 폴더형 휴대폰을 손에 쥐고 두근거리는 마음으로 기계를 바라보고 있다. 용기를 낸 듯 폴더를 열어 문자를 확인하는 그는 이내 표정이 굳어졌다. 아마도 그곳에 쓰여 있는 문자는 그가 원했던 내용이 아닌 듯하다. 금방이라도 울어버릴 것 같은 그의 표정에 가슴이 아파왔다.

　아침에 일어나자마자 아내의 표정을 살폈다. 어젯밤과는 달리 부쩍 밝아져 있었다. 오전 11시쯤, 그녀는 한껏 기대에 부푼 표정으로 거울 앞에 섰다. 원피스 두 벌을 손에 들고 몸에 대본다. 들뜬 표정으로 나갈 채비를 하는 그녀. 나는 아내가 들고 있던 두 원피스, 빨간색과 하얀색 중 하얀색이 더 잘 어울린다고 생각했다. 그녀는 한참을 고민하다 빨간색 원피스를 입고 나왔다. 그리고 가방에 립스틱을 넣으며 말했다.

　"잠깐 나갔다 올게."

　"어디?"

　"어, 클라이언트가 잠깐 보자고 하네."

　"토요일에?"

"어, 그 회사는 토요일 오전까지 근무하거든."

"그래, 알았어."

"미팅하고 이따 저녁때까진 올 거야."

"아, 나 철호 녀석 만나기로 했는데, 말 안 했나? 저녁 나가서 먹을 거야."

있지도 않은 약속을 만들어냈다.

아내가 없는 집에 혼자 앉아 나는 집 안을 둘러보았다. 잘 정돈된 주방, 먼지 하나 없는 거실, 뭐 하나 거슬리는 것이 없다. 나는 그녀가 나가고 없는 집에 홀로 앉아 정적이 흐르는 순간을 마주했다.

억눌려왔던 감정은 한번 터지면 걷잡을 수 없다. 나는 순간, 그 거실에서, 주체할 수 없을 정도의 자유를 느꼈다. 그녀가 없는 그곳이 그토록 평화로울 수가 없었다. 오랫동안 느끼지 못했던 외로움이 한순간에 밀려왔다. 그리고 이상하게도. 나.는. 그것이 너무도 좋았다. 바닥 깊숙이 끌어내리는 그 치명적인 힘. 어쩌면 우울증이란 그 고독의 매력에서 헤어나지 못하는 정도를 말하는 것일지도 모른다.

세상에 혼자 남겨진 것 같은 절망이 나를 에워쌌다. 그 누구에게도 이해받지 못하는 서러운 상처가 올라왔다. 숨 막히는 탁한 공기가 목을 조여왔고, 억눌려 있던 감정이 되살아났다. 나는 더 이상 조금 전의 내가 아니었다. 언젠가 존재했던, 그 숨 막히던 때의 나로 돌아가 있었다.

그런데 그 감정은 이상하게도 기분 나쁜 것이 아니었다. 나는 심지어 그 기분이 너무도 반가운 나머지 입가에 미소를 띠고야 말았다. 참으로 이상해 보였을 것이다. 이마는 인상을 찌푸리고 있으면서 입꼬리는 올라가 있는.

나는 오랫동안 잃어버렸던 자아를 되찾은 것 같은 생각이 들었다. 그 본질이 우울함이라는 것은 아무런 문제가 되지 않았다. 사람은 진정한 자아를 마주할 때 그 자체로 기쁜 법이니까.

아내가 없는 거실에 앉아, 나는 한동안 그 기분을 만끽(?) 했다. 그러고는 자리에서 일어나 주방으로 갔다. 돌체 구스토에 캡슐을 넣고 커피를 내렸다. 커피 향이 집 안에 퍼졌다. 나는 이 행위가 좋다. 완벽하게 진공되어 있던 캡슐에 구멍을 내고, 그 안에 물을 흘려 세상 밖으로 나오게 하는 것. 그렇게 해서 자신의 향을 퍼뜨릴 수 있게 해주는 것. 비로소 커피의 존재를 알리는 것. 커피 향을 한껏 들이마신다.

그날 오후, 저녁 시간에 맞춰 집에 돌아온 그녀는 라디오를

켜놓은 채 말없이 저녁 식사를 준비했다. 입에선 한숨이 흘러나왔고, 라디오에선 존 베일리스의 연주가 흘러나왔다.

존 베일리스의 〈바흐 미츠 더 비틀스^{Bach Meets The Beatles}〉 음반은 비틀즈의 노래를 바흐의 스타일로 바꾼 아주 독특한 음반이다. 처음 이 음악을 접했을 때는 잘 알려지지 않은 바흐의 음악 중 하나일 것이라 생각했다. 하지만 들을수록 익숙한 멜로디가 들렸다. 비틀즈의 음악을 바흐의 스타일로 바꾼 곡이라는 것을 알았을 때 난 (그리 적절한 비유는 아니지만) 양의 탈을 쓴 늑대를 떠올렸다. 록 밴드의 꿈틀거리는 감성을 극도로 절제된 바흐의 감성으로 풀어낸 음악이라니. 존 베일리스의 바흐 스타일의 '렛잇비^{Let It Be}'를 듣고 있으니 가슴이 답답해져왔다.

그날부터였던 것 같다. 나에게 또 다른 기억이 생겨난 것은. 또 다른 기억이란, 그렇다, 말 그대로 두 개의 상반된 기억이 동시에 존재하는 것이다.

내가 기억하는 그는 분명 사고로 세상을 떠났다. 그런데 얼마 전부터 내 머릿속에는 그 사실과 대립되는 다른 기억이 생겨나기 시작했다. 그리고 그것은 시간이 지날수록 점점 더 선명해져갔다.

나는 전역 후 컨설팅 회사에 취직했다. 나를 뽑은 면접관은 나의 꼼꼼함과 치밀함이 인상 깊었다고 했다. 특별히 전문적 지식을 요구하지 않는 회사였다. 그보다 조직 내에 다양한 사람들이 일하기를 바라는 소위 '열린' 회사였다. 하지만 회사라는 조직은 그동안 내가 속해 있던 곳과는 너무도 달랐다. 나는 그곳에 적응하려 노력했다. 회사가 원하는 성과를 만들어 내기 위해 열심히 일했다. 누구보다 늦게까지 근무했고, 그들과 동화되기 위해 노력했다.

야근의 습관은 그때부터 생겨났다. 정해진 순서와 규율대로 움직이던 군대와는 달리 이곳은 너무도 자유로웠다. 그러나 한 번도 경험하지 못한 자에게 주어진 자유는 아이러니하게도 불안함을 안겨주었다. 그래서 그 자유가 무섭고 두려웠다. 그곳에선 정해진 대로 따르면 그만이었다. 이곳에선 내가 기획하고 판단해야 했다. 처음에 나는 그 '자유'에 어쩔 줄을 몰라 했다. 아내를 만난 건 그즈음이었다. 프리랜서 번역가였던 그녀에게 회사의 일을 맡기면서부터.

그녀는 아주 차분했다. 질서정연했고 정갈했다. 스케줄에 정확히 맞춰 일을 처리했고, 애매한 번역은 주석을 달아 설명을 덧붙였다. 원본에도 실수가 있으면 바로잡아 첨부했다. 그런 정확함이 좋았다. 그녀의 일 처리 방식은 나에게 안정감을 주었다. 그녀는 감정의 기복이 심하지 않았다. 독립적이었기에 나에게 이런저런 요구를 하지도 않았다. 내 앞에서 잘 보이려고 노력하지도 않았고, 특별히 꾸미거나 내숭을 떨지도 않았다. 전화를 왜 안 했느냐고 따지거나, 사랑한다고 말해달라고 조르거나, 관심을 가져달라는 의미로 토라지거나 꼬치꼬치 묻는 일도 없었다. 그녀는 있는 그대로의 내 행동들을 받아들이고 존중해주었다.

가끔씩 그녀는 나 자신을 잊게 만들기도 했다. 우리는 과거 이야기나 자라온 과정, 가족관계 등 일반적인 커플들이 주로 나누는 주제보다는 사회 전반에 대해 많은 이야기를 나눴다. 그래서 난 나에 대해 시시콜콜 말할 필요가 없었다. 그것이 참 편안했다. 그 사고와, 내 트라우마와 그의 죽음과, 나의 비밀에 대해서도 나는 그녀에게 말하지 않아도 되었다.

그 끔찍했던 사고는 한동안 나의 뇌리에서 지워지지 않았다. 그가 탄 비행기를 쫓으며 절규하던 내 모습을 기억 속에서 지우려고 무던히도 노력했다. 하늘을 바라볼 때마다 그를 떠올리지 않으려 애썼다. 그러나 난 그가 떠나간 하늘에서 여전히 그를 볼 수밖에 없었다. 하늘을 보고 싶지 않았고 그래서 밖에 나갈 수 없었다. 밖에 나갈 수 없으니 방 안에 틀어박혔다. 스스로를 그렇게 작은 방에 가뒀다. 두 눈에 눈물이 고였다. 눈물은 넘쳐 흘렀고, 쏟아져 내렸다. 눈물 속으로 반짝이던 그의 미소가 번졌다. 그러자 더욱 눈물이 솟았다. 그렇게 흘린 눈물은 모여서 샘이 되었다.

"울다 보니 눈물이 모여 샘이 되었다면 거기에 비친 자신의 모습을 보았을 것이고, 그 모습에서 오빠의 얼굴이 떠올라서 그 샘으로 들어가버린 건 아닐까요?"

멀리서 한 목소리가 들린다. 희미하게 시작된 목소리는 점점 더 선명해진다. 여기는?

"하지만 그 추론은 일란성 쌍둥이일 때만 가능한 얘기죠. 남매인데 일란성 쌍둥이일 리 없잖아요."

다른 누군가가 대항하듯 말한다. 이곳은 어느 집의 거실인 듯하다.

"신화잖아요. 눈물이 모여서 샘이 되는 건 말이 되나요? 어차피 신화라면 일란성 쌍둥이 남매도 있을 수 있는 얘기 아닌가요?"

목소리는 이제 아주 또렷이 마치 옆에서 얘기하는 것처럼 들린다. 아니, 잠깐, 이것은 내 목소리다.

"그렇더라도 자신의 얼굴과 똑같이 생긴 사람을 보면서 사랑에 빠질 수 있을까요?" 상대방이 반문한다.

"그 시대에는 거울이 없었을 테니 자신의 얼굴을 매번 볼수는 없었겠죠. 그러니 상대의 얼굴이 자신의 얼굴과 똑같이 생겼다는 것 자체를 의식하지 않고 살았을 수도 있는 거죠." 나는 대답했다.

"그러고 보니 그 당시는 샘이나 우물같이 고인 물을 통해 자신의 얼굴을 봐야 했던 시대였을 테니, 어쩌면 비블리스는 일부러 울었는지도 모르겠네요. 자신의 얼굴을 비춰 볼 거울이 필요해서. 자신의 얼굴은 결국 자신이 사랑했던 오빠의 얼굴이었을 테니까."

나는 결국 설득 당했다는 듯 대답하는 그 사람의 얼굴을 쳐다보았다. 다름아닌 은하의 친구, 소희다.

소희. 지금의 내 아내.

은하의 거실. 그녀의 집에 초대받은 날. 잠깐, 나는 이곳에서 소희를 처음으로 소개받았구나. 아니, 이것은 말이 되지 않는다. 내가 소희를 처음 만난 곳은 은하의 거실이 아니라 내가 근무하던 회사에서였다. 그녀는 분명 번역을 하러 우리 회사에 왔었고, 그렇게 그녀를 처음 만나지 않았던가? 내 기억에 문제가 생겼음이 분명하다.

순간 나는, 그날 그 거실에서 정전이 일어났던 것을 또 다시 기억해냈다.

그리고 다시 불이 들어왔을 때, 그곳은 은하의 집이 아닌, 화이트 빈티지 톤으로 꾸며진 은하와 현재의 신혼집으로 변해 있었다.

은하가 이어서 말했다.

"그랬다면 그녀는 행복했을 거야. 눈물에 녹아내리는 그 순간에. 그렇게 그를 자유롭게 하고, 그로써 그와 영원히 함께한다고 믿었을 테니까."

그렇게 대답하는 은하 뒤로 한 줄기 햇살을 받으며 서 있는 현재가 보였다.

분명 뭔가 잘못됐다. 현재와 은하의 신혼집이라니? 소희를 처음 만난 곳이 여기라니?

지금껏 없던 새로운 기억이 내 머릿속에 심어지고 있는 것이 분명하다. 나에겐 이런 기억이 없어야 한다. 어디서부터 생겨난 것일까?

아내는 그 후로 일주일 동안 집에서 번역에 몰두했다. 처음 해보는 소설 번역이라 쉽지 않은 모양이다. 주로 서류를 번역했었던 터라 의역이 필요할 수도 있는 소설 번역은 새로운 도전이었다. 작가의 의도를 정확하게 전달하기 위해서는 직역이 아닌 의역이 필요할 때가 많기 때문이다. 하지만 의역은 어떤 경우에든 새롭게 만들어질 수밖에 없다. 작가가 하지 않은 말을 통해서 작가의 진실이 전해져야 하는 것이다. 어쩌면 거짓을 이용한 진실이라고도 할 수 있다. 이것은 거짓이 들어간 진실이라는 아이러니를 낳는다. 또한, 거짓이 들어가지 않으면 진실을 말할 수 없다는 또 하나의 아이러니를 만들어낸다. 번역본을 읽는 독자는 자신이 읽는 책의 어느 부분에 거짓이 들어 있는지 알 수 없다. 소설 번역의 성공 여부는 소설이 끝나고 난 뒤 알 수 있다. 인생이 그러하듯.

일주일 동안 일에만 몰두하던 그녀가, 차가운 공기만이 우리를 감싸고 있는 거실에서, 혼잣말하듯 작고 나지막한, 하지만 결의에 찬 목소리로 말을 꺼냈다.

"남색. 파란색에 까만색이 섞인 것처럼 보이는 이 색은, 실은 파랑과 보라를 혼합한 색이야. 그래서 우리는 이 색을 딥퍼

플이라고도 부르지. 보라는 빨강과 파랑을 섞어서 만들어. 그러니까 남색에는 파랑과, 빨강과, 파랑이 섞여 있는 것이지. 파랑 두 번에 빨강 한 번. 남색에 빨강이 들어 있다는 것을, 생각해본 적 있어? 이 책의 저자는 파랑을 아폴론의 색, 빨강을 디오니소스의 색이라고 말해. 아폴론은 이성을, 디오니소스는 감성을 지배하지. 그동안 한 번도 남색에 빨강이 있다고 생각해본 적이 없어. 아니, 빨강은 남색 안에는 있어선 안 되는 줄만 알았어. 그런데, 있었어. 빨간색이 말이야. 남색 안에."

아내는 내게 어떤 대답을 바라는 것 같지는 않았다. 그저 말을 뱉어내는 것이 목적인 것 같았다.

말을 마친 그녀는 갑자기 짐을 싸기 시작했다. 잠시 후, 여행가방을 손에 든 채 나를 쳐다보았다. 그러고는 이렇게 말했다.

"그 빨간색, 당신 안에도 있잖아. 이제, 당신 자신으로 돌아가. 나도 현실이 아닌 현재를 살기로 했어. 언젠가 그랬던, 아니, 어쩌면 지금도 그러고 있을, 은하처럼 말이야."

말을 마친 그녀는 이내 몸을 돌려 빠른 걸음으로 현관문으로 향했다. 집을 나서는 동안 단 한 번도 뒤돌아보지 않았다. 그녀가 사라지고 난 문에서 '쾅' 하고 닫히는 소리가 났다.

그녀가 열고 나간 현관문을 한참 바라보았다. 매일 드나드는 문이었지만 더 이상 같은 문처럼 보이지 않았다. 새삼 이 문을 열면 어떤 세상이 있을지 궁금해졌다. 어쩌면 그 세상 은, 내가 살아온 곳과 완전히 다를지도 모른다는 생각이 들 었다.

내 기억은 논리에 전혀 맞지 않는다는 것을 나는 알고 있 다. 그럼에도 나는 그 기억이 실제였다고 믿는다. 사실과 기 억이 다를 수 있는 것을 우리는 늘 체험하며 산다. 과거는 기 억만으로 존재한다. 지금 이 순간도 기억하지 못한다면 존재 했다고 말할 수 없다. 그리고 그것은 기억이 있다면 존재한 것이라는 역설을 가능하게 한다.

꿈 같은 나의 기억이, 꿈인지, 현실인지, 꿈이라면 내가 그 의 꿈을 꾼 것인지, 그가 나의 꿈을 꾼 것인지 분별할 수 없었 다. 그러나 그것은 중요하지 않았다. 내 기억 속에 살아있는 나의 감정, 그리고 은하와 현재를 마주했다는 것만은 사실이 니까.

⌒⌒⌒

그녀가 떠나고 내 머릿속엔 새로운 기억이 생겨났다. 소희는 그날 현관문을 나서자 그 길로 인적이 드문, 멀리 바다가 보이는 어느 언덕 위로 올라갔다. 하늘은 보랏빛으로 물들고 있었고 그녀는 바람을 만지려는 듯 손을 허공에 뻗었다. 바람은 그녀의 손가락을 스쳐 지났다. 그녀는 입고 있던 카디건을 벗어 바닥에 내려놓았다. 민소매를 입은 그녀의 어깨가 드러났다.

"바람이 살갗에 닿는 느낌이 좋아." 그녀는 그렇게 말하더니 나머지 옷들까지 훌훌 벗어던지기 시작했다. 바람이 그런 그녀의 온몸을 어루만졌다. 머리카락부터 그녀의 가슴, 엉덩이, 발가락 끝까지.

나는 멀리서 그런 그녀의 모습을 바라보았다.

그녀가 바람에 눈부시게 빛났다.

이
카
루
스

"과거는 기억일 뿐 이미 죽어 없어져 버렸고, 미래는 예견하는 것일 뿐 아직 오지 않은 것이다. 삶은 오직 현재 순간만이 유일한 것이다."

– 아우구스티누스

언젠가 나의 어린 시절에 대해 물은 적이 있었지. 그때 난, 다른 대답으로 얼버무렸어. 그때 하지 못했던 이야기를 할까 해. 그날의 오후는 어느 때보다 화창했지.

아빠는 우리를 한 공원에 데리고 갔어. 눈이 부시게 해가 빛났고, 주변엔 사람들이 많았어. 북적대는 걸로 보아 공휴일이었던 것 같아. 가족 단위로 나온 사람들이 많았어. 강아지를 데리고 나온 집도 있었고, 할머니 할아버지와 함께 나온 집도 있었지.

강아지와 함께 나온 집엔 아이가 둘이 있었어. 그들은 모두 함께 공놀이를 하고 있었어. 아빠가 공을 던지면 아이들은 공을 향해 달려갔지. 강아지가 제일 빨랐고 그 뒤로 남자아이, 그리고 여자아이 순이었지. 공은 멀리 가지 못했어. 오히려 제일 늦게 달려간 여자아이 앞에 떨어졌지. 아마도 공을 던진 아빠의 배려였을 거야. 여자아이는 의기양양하게 그 공을 주워 들었어. 그러고는 다시 돌아오는데, 아이가 엄마를 보더니 아빠와 엄마, 둘 중 누구에게로 가야 할지 망설이다가 결국 엄마에게로 달려가는 거야. 공을 던져준 사람은 아빠였는데 말이지. 그 장면이 잊히지 않아. 부러웠지. 선택할 수 있는 상황에 있다는 게. 나에겐 그런 선택권이 주어지지 않았거든.

태어나서 한 번도 엄마를 본 적이 없어. 그래서 내 과거에 엄마는 없어. 그렇다고 엄마를 정말 만난 적이 없는 건 아니겠지. 설사 엄마가 나를 낳자마자 버렸다 해도, 낳는 그 순간에는 만났어야 하니까. 논리적으로는 분명 만났어야만 해. 하지만 난 엄마를 안다고 말할 수 없어. 엄마를 기억하지 못하니까. 기억하지 못한다고 해서 과거가 아닌 건 아니지만, 내가 기억하지 못하는 과거를 나의 과거라 부를 수도 없지.

　지금, 이 편지를 읽는 것을 멈추고 어제 뭘 했는지 잠깐 떠올려볼래? 어때? 모든 게 다 생각나니? 하나도 빠지지 않고 기억해낼 수 있어? 몇 시에 일어나 무얼 먹고 어딜 갔는지, 무슨 옷을 입고 어떤 양말을 신었는지, 가방 안에는 어떤 것들이 있었는지, 길을 걸을 때 오른쪽으로 걸었는지 왼쪽으로 걸었는지, 누구와 무슨 얘길 나눴고 자기 전에 마지막으로 한 말은 무엇인지, 하나도 빠지지 않고 기억해낼 수 있냐고.
　우리는 모든 일을 순차적으로 기억하지 못해. 모든 기억은 조각일 뿐이지. 그렇게 과거는 기억의 조각으로 존재할 뿐이야. 그래서 완전한 과거는 있을 수 없어.

결혼식 사진을 본 건 다락방에서였어. 한쪽 구석에 있던 어느 상자 안에, 오래된 살림살이들과 함께. 이상구, 김미진이라고 쓰어진 결혼 증명서도 보였지. 턱시도를 입은 아빠 옆에 김미진으로 보이는 웨딩드레스를 입은 한 여자가 서 있었어. 둘의 표정은 누구보다 행복해 보였는데, 그 사실에 놀라지 않을 수 없었지. 김미진이란 평범한 이름을 가진 여자가 여느 평범한 신부처럼 행복한 표정을 짓고 서 있다는 게. 사실 그리 놀랄 만한 상황도, 그럴 만한 이유도 없었는데, 내겐 왜 그렇게 이상하게 느껴졌을까? 무언가 대단한 사연이 숨겨져 있을 거란 내 예상과 너무 달라서였을까?

하지만 그 평범해 보였던 결혼식 사진이 그저 평범하기만 했던 건 아니었어. 상자 안에는 다른 결혼식 사진도 몇 장 있었지. 사진에서 난 그들의 결혼식이 남들과는 사뭇 달라 보인다는 걸 알았어. 그들 주변으로 턱시도에 웨딩드레스를 입은 여러 신랑 신부 들이 보였으니까. 부모님이 합동 결혼식을 했었나 보다 생각했던 나는 그다음 사진을 보고 충격을 받았어. 내 눈을 믿을 수가 없었어. 사진 안에는 만 명은 족히 넘어 보이는 신랑 신부 들이 턱시도와 웨딩드레스를 입고 종합 운동

장만 한 공간을 가득 메우고 있는 게 아니겠어? 저마다 서로 팔짱을 끼고서 말이야. 목에는 모두 똑같은 스카프를 두르고 있었지. 하얀색 바탕에 동그란 마크가 새겨진.

만 명이 넘는 합동결혼식에서 결혼식을 올린 한 쌍의 부부가 내 부모라는 걸 알았을 때, 일종의 허탈감이 밀려왔어. 똑같은 스카프를 맨, 수없이 많은 커플 중에서 태어난 한 아이에 불과하다는 사실은 나를 초라하게 만들었지. 그야말로 특별할 것 하나 없는 존재라는 것이, 어쩌면 내 인생이 이토록 하찮은 이유일지 모른다는 생각에 서러움이 밀려왔지. 사진 속 모든 이의 스카프에 새겨져 있던 똑같은 마크는 내게 그걸 강조하고 있는 것 같았어. 너는 단지 저 수많은 사람들 중 한 남녀가 만들어낸 우연한 존재일 뿐이라고.

우리 집은 산 아래에 위치한 1층짜리 단독 주택이었고, 주변엔 거의 아무것도 없었어. 그러니까 가장 가까운 옆집만 해도 꽤 멀리 떨어져 있었지. 걸어서 5분쯤 되는 거리였어. 아빠는 앞 범퍼가 다 떨어진 중고 소나타를 몰고 다녔고, 나에겐 낡은 성인용 자전거가 하나 있었어. 의자를 끝까지 내리면 발이 겨우 페달에 닿았지. 나는 학교를 마치면 곧장 집으로 돌아와야 했어. 보수적이었던 아빠는 내가 방과 후에 다른 아이들과 어울리거나 학원에 다니는 걸 허락하지 않으셨거든. 나는 집에 오면 청소나 빨래를 하고 저녁을 준비했어. 아빠는 저녁을 드시는 동안 TV를 보셨어. 아니, TV가 꺼져 있었던 적은 한 번도 없었던 것 같아. 아빠는 퇴근 후부터 주무시기 전까지 늘 TV를 틀어놓으셨거든. 덕분에 저녁 시간에 아빠와 대화할 필요는 없었어. 그나마 다행이었지. 그래서 난 중학교에 들어갔을 때가 제일 기뻤어. 초등학교 때보다 하교 시간이 부쩍 늦어졌으니까. 내가 제일 싫었던 건 주말이었어. 아빠는 주말마다 교회에 가셨는데, 나를 교회에 데려가고 싶어 하셨지. 그리고 난 그 일로 아빠와 주말마다 싸워야 했어. 난 교회에 가는 게 죽기보다 싫었거든. 내가 유일하게 반항했던 일이었어. 유치원 때였나, 한번은 교회에 갔다가 엄마가 없다는 이유로 심하게 따돌림을 당한 적도 있어.

나와 달리 열심히 교회 활동을 하시는 아빠 덕분에 우리 집엔 교회 신도들의 방문이 끊이지 않았지. 주로 여자들이었는데 아빠는 손님이 오시면 날 다락방으로 보내곤 했어. 초인종이 울리면 난 즉시 다락방으로 올라가야 했지. 아빠는 나를 다락방에 밀어 넣으며 '신의 뜻'이라고 말했어. 그러면서 인간은 죄가 많은 동물이며 원죄를 씻어내야 한다고 말했지. 언젠간 나도 성인이 되면 신의 뜻에 따라 죄를 씻어야 할 날이 올 거라고. 그곳에서 난 아빠가 문을 열어줄 때까지 몇 시간이고 갇혀 있어야만 했어.

짐작했겠지만, 그 시간이 정말 싫었어. 무서웠고 외로웠어. 하늘을 향해 난 창문만이 유일한 위로가 되었지. '나에게 날개가 있다면 얼마나 좋을까?'라고 생각하면서 하늘에 기도했어. 하루빨리 이 집에서 나갈 수 있게 해달라고. 내게 그럴 수 있는 힘을 달라고. 그렇게만 될 수 있다면 어떤 대가라도 치르겠다고.

어느 날이었어. 그날도 아빠는 인간의 죄를 씻어야 한다며 한 신도와 함께 의식을 치르고 있었고, 나는 다락방에 갇혀 있었지. 그런데 배가 점점 아파왔어. 시간이 지날수록 통증이 더 심해졌고 나아질 기미가 보이지 않았지. 나는 문을 두드렸어. 배는 계속해서 아파왔어. 나는 계속 문을 두드렸어. 아래층에선 TV소리가 들려왔지. 그 소리는 아주 컸고 제법 또렷하게 들렸어. TV에선 태양, 우주, 은하계 등에 대한 다큐멘터리가 방영되고 있었어. 난 그들이 그것을 시청하고 있지 않다는 걸 알고 있었어. TV소리를 뚫고 여자의 소리가 들려왔어. 큰 웃음소리였지. 우주과학 프로그램을 보면서 그렇게 크게 웃는 여자는 아마 없을 거야. 그 웃음소리는 점차 신음 소리로 변해갔어. 그리고 여자의 신음 소리는 점점 커져갔지. 소리가 커진 만큼 내 배는 견딜 수 없을 만큼 아파왔어. 난 그만큼 더 세게 문을 두드렸어. 더 이상 참을 수가 없었어. 눈앞이 깜깜해졌지. 그녀의 목소리가 절정에 다다랐을 때, 난 바닥에 쓰러지고 말았어. 아파서 견딜 수가 없었던 거야.

아빠가 드디어 문을 열어주었을 때, 난 땀으로 범벅이 된 채 쓰러져 울고 있었지. 그런데, 그런 나를 보더니 아빠가 제일 먼저 한 행동이 뭐였는지 알아? 기도였어. 죄가 많은 어린 양을 구원해달라고 말야. 아빠는 맹장이 터져 쓰러져 있는 내 두 손을 꼭 잡고 기도를 한 거야.

그날, 난 결심했어. 이 이상한 사람의 집을, 이 지긋지긋한 현장을, 세상에 나가 고발하고 말겠다고.

그날 밤, 꿈을 꾸었어. 다락방의 창문을 뚫고 하늘을 날아 우주로 빨려 들어가는 꿈이었지. 하늘엔 무수히 많은 별들이 강을 이루고 있었어. 나는 분명 우리 은하계를 벗어나 다른 은하계로 옮겨갔지. 수많은 별들을 지나쳐 몇억 광년을 순식간에 지나치는 꿈이었어. 꿈에서의 시간은 현실의 시간과는 다르니까.

그렇게 지구에서 멀어졌다고 생각했는데, 그렇게 해서 다다른 곳은 다름 아닌 어릴 적 아빠의 손을 잡고 갔던 ㄱ 공원이었어. 공원은 그때와 똑같은 풍경이었지만 그날과는 다르게 한적했지. 날씨는 그날과 마찬가지로 화창했고, 햇볕은 눈부시게 빛났어.

나는 한 나뭇가지 위에 앉아 있었어. 조금 있으니 내 앞으로 한 소년이 달려왔어. 그러더니 내 눈을 찬찬히 들여다보는 거야. 나는 그 눈빛에 심장이 멎는 것 같았어. 왠지 모르게 두근거렸지. 그때 난, 그 눈빛에서 그 아이가 내 오빠라는 걸 알 수 있었어. 그때 그 공원에서 마지막으로 보았던, 다시는 보지 못할 줄 알았던 오빠. 나는 이렇게 커버렸는데 오빠는 아직 꼬마의 모습이었어.

난 너무나 반가운 나머지 오빠에게 소리쳤지. "나야, 나. 알아보겠어?"라고. 하지만 오빠는 내 말을 알아듣지 못하는 것 같았어. 멀뚱멀뚱 나를 쳐다보기만 하는 거야. 나는 너무나 답답해서 막 소리를 질렀지. "나라고. 그동안 어디 있었어? 얼른 집에 가자. 나랑 같이 가자."

하지만 역시나 오빠는 내 말을 알아듣지 못했어. 나는 목놓아 소리쳤지만 소용없었어. 오빠는 이내 공을 들고 사라져버렸지. 그게 다야. 꿈은 거기서 그렇게 끝나. 하지만 정말 강렬한 꿈이었어. 짧지만 아주. 가끔씩 그 꿈이 생각나. 왜 그런 꿈 있잖아, 너무도 리얼해서 마치 진짜 겪은 것 같은.

오빠가 떠난 지, 아니, 오빠가 버려진 지 15년쯤 되었을까? 아빠가 말한 '신의 뜻'을 따를 시간이 다가오고 있었어. 만 18세가 되던 날, 나는 그동안 아빠 몰래 모았던 돈을 가지고 집을 나왔지. 아마도 내 인생에서 가장 당연했던 선택이 아니었을까 해. 아빠는 여느 때처럼 술에 취해 소파에 누워 있었어. 그 전날 밤에도 여자 신도가 다녀갔지. 아빠는 내가 나가는 모습을 쳐다보지도 않은 채, TV에 시선을 고정하고 있었어. 내가 문을 닫고 나왔을 때, 문 너머로 나를 부르는 목소리가 들렸지. 아마도 심부름을 시키려는 소리였을 거야.

그날 이후 난 그 집에서의 기억을 완전히 지우려 애썼어. 다락방에서 본 것들, 들은 것들, 그 집을 둘러싼 모든 것들. 고발하겠다던 마음조차 사라지고 없었어. 일말의 기억도 남기고 싶지 않았거든.

그날, 그 공원에는 적어도 내가 기억하는 한, 아빠는 한 손에는 내 손을, 다른 한 손으로는 오빠의 손을 잡고 있었어. 나는 그때, 내가 가운데 있었으면 좋겠다고 생각했던 것 같아. 그래서 내 두 손이 가득했으면 좋겠다고.

그 날, 그 공원에선 거리 공연이 있었는지 주위엔 음악 소리가 가득했고 사방은 어수선했어. 나는 아빠의 손을 잡은 채 계속 걸었고, 내 주변엔 키 큰 어른들로 가득 찼지. 우리는 그 사람들 틈 사이로 한참을 걸어갔어. 얼마나 지났을까? 그 군중의 틈에서 나왔을 때, 아빠의 다른 한쪽 손이 비어 있는 걸 보았지.

난 "오빠는?"이라고 물었고, 아빠는 아무 대답도 하지 않았어. 아빠는 말없이 걸었어. 내 손을 그대로 잡은 채. 그때 난, 그 커다란 손에서 나를 빼내려고 안간힘을 썼던 걸로 기억해. 하지만 꿈쩍도 할 수 없었어. 아마 아빠는 내가 그렇게 애를 쓰고 있었다는 사실조차 몰랐을지 몰라. 노력에 비해 내 손은 미동도 할 수 없었으니까. 순간 난 그 손에서 영원히 빠져나오지 못할지도 모른다는 생각이 들었지. 그리고 다시는 오빠에 대해 묻지 않았어.

༄

직감으로 알 수 있는 것들이 있어. 그냥, 말로 설명할 수 없는 그런 것들. 증거는 그다음에 나타나게 되어 있지.

그날, 그 집을 나오면서 모든 걸 잊었더라면 얼마나 좋았을까?

하나의 꿈처럼 그를 만났지.

나에게 그는 우주 전체와 같았지.

그의 안에서 세상을 보았고, 그의 안에서 꿈을 꾸었어.

그의 안에서 하늘을 보았고, 그 하늘을 날고 싶었지.

그 하늘이 너무도 높아 태양 가까이 갔다는 걸,

녹아내린 날개를 보며 나는 알았어.

그와 나의 땀이 섞이고, 그와 나의 숨이 섞이고, 그와 나의 체취가 섞이고,

그와 나의 몸이 섞이고, 그와 나의 영혼이 섞였을 때.

그날, 그 집을 나오면서 모든 걸 잊었더라면 얼마나 좋았을까?

사람의 기억이란 참으로 얄궂은 것이어서,

기억하고 싶다고 기억할 수 있는 게 아니고,

잊고 싶다고 잊히는 게 아닌 법이지.

잊고 싶은 기억들은 그만큼 더 강렬하게 뇌리에 박혀버리
곤 해.

그날 밤, 그의 서랍 속에서 보았던 사진 속 가장 잊고 싶던
얼굴.
그날…… 그 집을 나오면서 모든 걸 잊었더라면 얼마나 좋
았을까!

⚜

그의 집에서 무심코 보게 된 사진 안에서 발견한 건 어린
남자아이와 그 옆에 서 있는 아이 아빠의 모습이었어. 왜 하
필 그때, 왜 그제야 그 사진을 보게 된 것일까? 나는 왜 진작
그의 얼굴을 알아보지 못했을까? 만약 그때, 그 공원 이후,
내가 침묵하고 외면한 대신, 매일같이 찾아 헤맸더라면 어땠
을까? 그랬다면, 단번에 알아채지 않았을까?

그리움에 부를 수 없었어.
부르면 터질 것만 같아서.
그리움에 기억할 수 없었어.

기억하면 잊힐 것만 같아서.

그래서 하늘을 봤어.
내가 보는 하늘을
그도 볼 것만 같아서.

그 어떤 기적보다도 더 기적 같은 그 순간에, 그 어떤 순간
보다 더 기뻐야 할 그 순간에, 내가 살아왔던 모든 절망을 합
쳐놓은 것보다, 아니 그것의 갑절에 달하는 무게가 그 한 장
의 사진으로 인해 내 앞에 떨어지고 만 거야. 기쁨은 슬픔이
되어야만 했고, 행복은 분노로 변해야만 했어. 하늘은 무너져
내렸고, 나는 추락해야만 했지.

순간, 그 마크가 떠올랐어. 다락방 부모님의 결혼식 사진에
서 본 스카프 위의 그 마크. 한 가족인 듯 보이는 도형이 새겨
져 있는 성인 두 명과 아이 두 명, 그리고 그들을 감싸고 있는
원 하나. 마치 춤을 추는 듯 두 팔을 펼치고 있는 '행복한 가
정'의 상징. 그때 내가 그 마크를 보고 앙리 마티스의 그림을
떠올렸던 건 과연 우연이었을까? 파란 하늘을 배경으로 가슴
에 붉은 심장을 가진 한 사람이 별빛에 춤을 추는 듯 보이는

그럼. 춤을 추는 것이 아니고 추락하는 것이라는 것을 안 건 〈이카루스〉라는 제목을 보고 난 후였지.

단 한 번도 만난 적이 없는 남녀가 부부가 된다더라. 원죄를 씻기 위한 수단으로 결혼이 행해지고 성행위는 종교적 의식으로 이어진다더군. 이를 통해 인간은 원죄를 씻고 새롭게 태어난다고 믿는다더라. 그와 나는 그렇게 태어난 존재였던 거야. 사랑이 전제되지 않은, 세뇌된 종교가 낳은 결과물.

그렇게 나는 스스로 이카루스가 되어 추락해야만 했어. 신화 속 이야기처럼 감옥을 벗어나 태양 가까이 날아간 대가였지.

೦೭৪৩೦

가정법원에 문의를 했어. 이름이 아니고 성이 맞냐고 몇 번을 물어보더군. 성을 바꾸는 이유가 뭐냐고 묻길래 '고아입니다'라고 말했어. 이름을 바꾸는 사람들이 꽤 많아졌대. 이름대로 산다고 하잖아. 이름을 바꾸면 운명도 바뀐다고. 그만큼 살기 힘든 사람들이 많다는 얘기겠지. 부모님이 누군지 모른다고, 그래서 성을 모른다고 했더니 퉁명하기만 했던 목소리가 조금은 친절해진 느낌이었어. 성과 본을 결정해서 오라고 알려주더군. 생각보다 훨씬 간단한 일이었어. 그동안 불리고 싶지 않은 성으로 살아온 시간에 비하면 말이야. 뭐가 좋을까 오랫동안 고민했어. 그러다 마침내 좋은 성이 생각났지. 아무도 쓰지 않을 것만 같은. 내 이름에 붙여서 영어식으로 읽으면 내가 꿈꾸던 장소가 되는, 별들이 모여 강을 이룬 곳.

나는 이제 꿈을 꾸려 해.
우주를 건너, 은하수를 넘어, 이곳으로 돌아오는 꿈을.
그래서 또다시 그가 아닌 그를 만나고, 네가 아닌 너를 만나길.
그렇게 우리의 끈이 이어지길.
그래서 세상이 영원히 끝나지 않길.
신이 있다면 그렇게 기도할게, 소희야.

이 세상이 끝나는 순간에도,
이 세상이 멈추는 순간에도,
너의 기억이, 너의 꿈이 현재가 된다면,
그것은 영원이라 부를 수 있을지 몰라.

수없이 많은 별처럼 수많은 인연 중에

너를 만날 수 있었고,

그를 만날 수 있었음에 감사해.

난 꿈에서도 꿈을 꿀 거야.

그렇게 현재를 살 거야.

살기 위해서는, 사랑해야만 하니까.

너의 친구,

은하, 수

* 이 소설에 언급된 '교회'는 특정 종교단체와는 관련이 없음을 밝힙니다.

노엘라 소설
빨주노초파람보

초판 1쇄 인쇄	2018년 7월 24일
초판 1쇄 발행	2018년 7월 30일

지은이	노엘라
펴낸이	신민식

편집인	최연순
책임편집	이홍림

펴낸곳	가디언
출판등록	제2010-000113호

주 소	서울시 마포구 토정로222 한국출판콘텐츠센터 319호
전 화	02-332-4103
팩 스	02-332-4111
이메일	gadian7@naver.com
홈페이지	www.sirubooks.com

인쇄 · 제본	㈜현문자현
종이	월드페이퍼㈜

ISBN 978-89-98480-93-6 (03810)